三毛猫ホームズの用心棒

赤川次郎

角川文庫
23661

目次

三毛猫ホームズの水泳教室

1

「今夜は遅いな……」

腕時計を見て、汐見《しおみ》は呟《つぶや》いた。いつもなら八時半には姿を見せるのに、今日はもう五分で九時になるところだ。

汐見はトレーナー姿のまま管理室を出ると、ロッカールームを抜けて、裏口から表へ出た。

初夏といっても、やっと六月に入ったばかりで、陽が落ちると、まだ時折涼しい風が吹く。裏口を出ると、そこは汐見の勤めている〈Nスイミング・クラブ〉専用の駐車場になっていて、むろん今は汐見自身の小型車が一台、駐車してあるだけだ。

汐見はぶらぶらと駐車場を横切って、金網の囲いの切れた出入口まで来ると、暗い、人通りのすっかり絶えた道を見やった。

彼女はいつもここからやって来る。——汐見はポケットからタバコを取り出して、百円ライターで火を点《つ》けた。

汐見は二十九歳。大学を出て、中学校の体育の教師をやっていたのだが、大学時代の恩師がこのスイミング・クラブを開設する時に誘われて、教職を去ってここの指導員になった。二歳ぐらいのチビから脂肪太りの中年女性までを相手に、一日中、

「はい、顔を水につけて……怖くありませんよ」

などとやっているわけである。

仕事は大して面白くもなかったが、給料は教師のころよりも大分よかったので、さして不満もなく、気ままな独身の一人暮しを楽しんでいた。

独身生活、といえば……汐見も、その点については、いささか考える所がある。さっさと結婚して、日曜日にも小さな子供を連れて、ブツブツこぼしながら遊園地や動物園を疲れた足で歩き回る友人たちを見ては、俺はああはならないぞ、と自分に言い聞かせていた汐見であったが、現在は、少々心境に変化を来たしていた。

暗い夜道を近付いて来る足音が聞こえて、汐見は顔を上げた。タバコを投げ捨て、じっと目をこらすと、やがて「心境の変化」の原因が歩いて来るのが見えた。——彼に気付くと、広田《ひろた》紀美子《きみこ》は足を速めて手を振りながら、

「ごめんなさい！」

と声を上げた。

「——やあ、今夜は遅かったね」

と汐見は、ほっとしながら言った。

「クラブの子がお茶飲もうって誘うもんだから。あんまり断っても変に思われるでしょう？　で、付合ったら、ペラペラ一時間もしゃべってるんだもの。もう、イライラしちゃったわ」

「じゃ、すぐに始める？」

「ええ、そうするわ」

紀美子は肯《うなず》いた。二人は駐車場を横切って、裏口から中へ入って行った。

「今夜は三十分ぐらいね」

と紀美子は言った。「そうしないと、時間もなくなるし」

二人は顔を見合わせて微笑んだ。汐見の胸がにわかにときめく……。

二人は、室内体操場を通り抜けて、プールの方へと急いだ。体操場には、マットだの、トランポリン、跳箱、といった簡単な道具が置いてある。プールへの扉はその奥だった。

「ちょっと待って」

汐見はポケットから鍵束《かぎたば》を出して、扉を開け、中の暗がりへと手を伸して、明りのスイッチを入れた。――一、二秒たって、目の前に広々とした空間が広がった。

ここには十五メートル×二十五メートルのプールが一つと、高飛び込み用のプール、それに子供用の浅いプールの三つがあった。むろん室内である。紀美子は腕時計を見て、

「今九時五分だから……。四十分になったら来て」

「分った。頑張れよ」

「ありがとう」

紀美子がニッコリして、それから、プールサイドを急ぎ足で、奥の更衣室へと歩いて行った。汐見はその後ろ姿が更衣室の入口に消えるまで立って見送ってから、扉を閉じた。

広田紀美子は、この近くにあるT大学の二年生である。水泳部の自由形のホープと目されていて、大学選手権を一週間後に控えて、毎日猛訓練が続いているわけなのだが、大学のプールが、学校側の都合で八時までしか使えない。そこで、通学路の途中にあるこのスイミング・クラブを訪れて来たのが、半月前の夜である。

後片付けをして、帰る仕度をしていた汐見は、彼女に、ここも七時までで閉めてしまうのだと説明した。

「そうですか……」

ひどく気落ちした様子で帰って行く紀美子の後ろ姿を見て、汐見は自分でもわけの分らない衝動に駆られて、彼女を呼び止めていた。そして、七時過ぎにはどうせ自分一人しかいないのだから、こっそり使わせてあげるよ、と言っていたのである。

「助かります！　ありがとう！」

顔を輝かせてそう言った、その弾むような声を聞いた瞬間に、汐見はコロリと彼女に参ってしまった。そして、毎日、八時過ぎに彼女がやって来ると、十時ごろまで一人で泳がせ、そして汐見が車で駅まで送って行くようになっていた。

このクラブと駅との間に、喫茶店やスナックが挟まるまでに三日とはかからなかった……。

汐見は、プールへの扉を閉じると、体操場を通り、管理室へ戻った。——今まで、恋をしたことがなかったわけではないが、今度のような気持になったのは初めてだ。

紀美子はまだ二十歳。顔立ちがあどけないので、十代にも見える。しかし体は発育が良く、すらりとして、小麦色に焼けていた。といって、あまり筋肉質な男のような体格ではなく、あくまでほっそりとした、女らしい体つきをしている。

管理室の椅子に座った汐見は、タバコに火を点けたものの、どうにも落ち着かなかった。今、紀美子は水着に着替えている。更衣室の中で裸になっている（当り前だ！）。——そう考えただけで、脈搏《みゃくはく》は一気に加速され、頰は燃えて来るのだった。

もうすぐ三十にもなろうっていうのに、だらしない！　そうは思ってみても、条件反射に近いこの発作だけは、どうにも抑えようがないのである。

「やれやれ……」

汐見は立ち上ると、もう一度裏口から外へ出た。外気に触れると、やっと少し落ち着いて来る。

手持ちぶさたなままに、自分の車へ乗るとカーラジオをつけた。軽快な音楽が流れ出して来る……。

広田紀美子は、静かに水へ入ると、ゆっくりと抜き手を切って泳ぎ出した。まるで膜が張ったように滑らかだった水面に、波が広がって行く。誰もいないプールで泳ぐというのは、まるで一国の女王にでもなったようで、紀美子にとっては何よりの楽しみだった。

いきなり全力で泳ぐのは、いくら慣れていても筋肉に悪い。紀美子は、無人のプールを、クロールで、平泳ぎで、また時には背泳で、まるで魚のように、自由自在に泳ぎ回った。そして体が水に馴染《なじ》んで来ると、初めて正規の練習に入った。

何度か往復して一息つくと、紀美子はプールから上った。——そして、高飛び込み台を見上げた。

紀美子がこのスイミング・クラブで泳ぎたいと思ったのは、一つにはこの高い飛び込み台のせいでもある。十メートルの台があるプールというのはなかなかない。紀美子は、自分では飛び込みをやりたかったのだが、ともかく部員としては部の方針に従わねばならず、こうして自由形の練習をしているのである。けれど自分の楽しみのためだけにでも、高飛び込みをやってみたかった。

汐見が、いつも彼女の気が散らないようにと一人にしておいてくれるので、紀美子は練習の合間に、時々飛び込み台からダイビングしていた。十メートルの高さからの飛び込みの爽快《そうかい》さはまた格別なのだ。

今夜はあまり時間がない――そう思うと、ますます飛び込みをやりたくなって来る。ちょっとためらったが、紀美子は急いで飛び込み台へと走って行った。

急いではしごを登って行く。台は五メートルと十メートルの二段になっていて、いつもは下から始めて、最後に上から飛ぶのだが、今日は上から一度飛び込むだけにしておこう、と紀美子は思った。

一気に十メートルを登りつめ、飛び込み台の上に立つ。この建物自体が縮んでしまったように見える。台の突端に進んで、下を覗《のぞ》くと、正方形のプールが、ひどく小さく見えて、ちょっと力を入れて飛んだら、あそこの外に落ちるんじゃないか――と、そんな気持になる。むろん、そんなことがあり得ないのは百も承知だが、頭で分っているのと、感覚とは違うのである。

ゾクゾクするような、まるで競泳の決勝を前にしたような緊張感が紀美子の体を貫いて走った。――十メートルの高さを落ちて行く間の、まるで宙に静止しているような、奇妙な感じが、彼女は大好きだった。

「今夜は一度だけだわ」

そう呟《つぶや》くと、紀美子は後ろ向きになった。爪先《つまさき》だけで台の先端に立った。ゆっくりと体が後ろへ倒れて、まっすぐにのばした両足をかかえ込むようにすると、紀美子は十メートル下の水面へと空《くう》を切り始めた……。

「もう十時か」

片山《かたやま》はネクタイを外して、ため息と共に座り込んだ。「もう少し早く帰れるといいんだけどな……」

「仕方ないでしょ、お仕事なんだから」

と脱ぎ捨てた背広をハンガーへかけながら言ったのは、妹の晴美《はるみ》である。「――夕ご飯は？」

「一応は食べたけど、またちょっと腹が減ったな。お茶漬けか何かでいいよ」

「あんまり食べると太るわよ」

と言いながら、晴美は兄の茶碗《ちゃわん》へご飯をよそった。

「なあに、普通のサラリーマンなら太るかもしれないけど、警視庁捜査一課の刑事は、これぐらいじゃ太らない！」

片山は半ばやけ気味にお茶漬けをかっ込んだ。――片山義太郎《よしたろう》、二十九歳。妹晴美、二十二歳。アパートに二人暮しである。いや二人プラス一匹……。

「ホームズは気楽でいいよ」

と片山はぼやいた。「寝たい時に寝て、起きたい時に起きて、別に誰に使われるわけでもなし、怒鳴られるわけでもない」

「あら、でも猫には猫の悩みがあるのよ。ねえ、ホームズ」

ホームズ。三毛猫、メス。ひょんなことから、このアパートに同居することになった、ちょっと風変りな猫である。——晴美の言葉に、座布団で丸くなっていたホームズは目を開いたが、別にただ聞き流しているだけ、といった目つきで、大きな欠伸《あくび》をした。

「ちぇっ、呑気《のんき》だなあ」

片山は笑いながら言った。

その時、電話が鳴った。晴美が出て、

「はい片山です。——え？　どなたですか？」

いぶかしげに兄の方を振り向いて、「お兄さん、電話」

「誰だい？」

「汐見さんっていう人」

「汐見？　ああ、大学の時の——」

「何だか様子が変よ」

「変、って？」

「ずいぶん慌ててるみたい」

「どうして？」

「『片山警部はいらっしゃいますか』って言ったわ」

片山は受話器を受け取った。

「はい、片山。――やあ、久しぶりだな。何だい、今ごろ。――え？　何だって？　――しかしそれはすぐに――。そうか、分ったよ。――よし、すぐにそっちへ行く」

片山は受話器を置いた。「出かけて来る」

「あら、どこへ？」

「スイミング・クラブだ」

「ああ、それで慌ててたのね」

と晴美が肯《うなず》く。片山は不思議そうに、

「何を言ってるんだ？」

「溺《おぼ》れかかってるから助けてくれ、って電話だったんでしょ？」

と、晴美は澄まして言った。

片山はネクタイをしめ、また背広を着込んだ。

「女の死体があるんだとさ。――それ以上は会って話すっていうんだ。仕方ない。行ってくるよ」

するとと、今まで眠そうにウツラウツラしていたホームズがふっと目を開いて立ち上り、前肢《まえあし》を思い切りのばして、伸びをした。

「何だ、ホームズ、お前も来るのか？」

返事もせずに、ホームズはさっさと玄関へ行って、片山の来るのを待ち受けている。

「ホームズがついていれば安心だわ、私も」

と晴美が言った。

「何だか俺がよほど頼りないみたいじゃないか」

と片山が不平を言うと、ホームズが、

「ぐずぐずするな！」

とでも言うように、「ニャーオ！」と、甲高く鳴いた。

2
「やあ、すまんな、こんな時間に」

〈Nスイミング・クラブ〉と看板のある建物の前で、汐見は待っていた。

「遅くなってすまん。タクシーの奴が迷っちまって。——ところで、どうなってるんだい？」

片山は半信半疑の思いでここまでやって来たのだが、汐見の、青ざめた緊張にこわばった顔つきを見ると、冗談でも何でもないのだと知った。

「それが……とんでもないことになっちまったんだ」

「女が死んでるって？」

「ああ、ともかく中へ入ってくれ」

と歩きかけて片山の足下のホームズに気付いた。「その猫は？」

「ホームズというんだ。僕の相棒でね。まあ、気にしないでくれ。それじゃ中へ……」

「うん。裏から入ろう」

二人と一匹は建物のわきの狭い道をぐるりと回って、裏手の駐車場へ出ると、裏口から中へ入った。

管理室、体操場を抜け、汐見がプールへの扉を開けた。

「ここなんだ」

片山は中へ入って、広々としたプールを見渡した。

「立派なもんだな！　いくつあるんだ？」

「二十五と十五のプール一つと、高飛び込み用、それに子供用。全部で三つある」

「立派じゃないか。——それで、問題の死体っていうのは？」

「来てくれ」

汐見がこわばった声で言うと、先に立って、競泳用プールの傍《かたわら》を歩いて行った。後について歩きながら、片山はいささか穏やかでない気分だった。何しろ血まみれ死体とか、首を絞められて紫色になった顔とかいうのに至って弱い体質と来ている。職業柄、見慣れているのだが、それでも、あたかも条件反射の如く、目まい、貧血を起こす。誠に頼りない刑事である。だから、汐見のいう女の死体というのが、その手の仏様でありませんようにと、内心祈るような思いであった。

「あれだ」

汐見が足を止めて、喉《のど》に引っかかるような声で言った。片山は前に出た。

高飛び込み用の、正方形のプールに、女は浮かんでいた。ぴったりとした水着を身につけ、仰向けになって、まるで波に乗って休んでいるようにも見えたが、白目をむいた、その土気色の顔が、すでにこと切れていることを示している。

片山はプールが血の海といった惨状ではなかったので、ホッと胸を撫《な》でおろすと、プールのふちに座り込んで、訊《き》いた。

「いつ見つけたんだ?」

「さっき電話する五分前――いや、十分前ぐらいかな。しばらくぼんやりしてたもんだから……」

「知ってる女か?」

汐見がなかなか答えないので、片山は彼の顔を見た。汐見は目を閉じて、肯いた。

「……恋人、だったのかい?」

「そんなところだ」

「そいつは気の毒したな」

と片山は言った。「しかし――どうしてこんなことに？」

「いや……僕も見ていたわけじゃないんだ」

「ここは何時まで開けているんだ？」

「七時だ」

けげんそうな顔の片山へ、汐見は、広田紀美子に頼まれて、毎晩ここで練習をさせていた事情を説明した。

「なるほど」

と片山が肯く。

「彼女の気が散らないように、いつも僕は外へ出ていたんだ。それが却《かえ》って、こんなことに……」

と汐見は首を振りながら言った。

「どういうことだ？」

「この高飛び込みの台は高い方が十メートルあるんだ。――これを使っちゃいけないといつも言っといたんだがね」

「すると……彼女は上から飛び込んで……」

「僕も気付かなかったんだ。水が減ってる。――最深部は五メートルあるんだが」

なるほど、そう言われて片山は気が付いた。水面がへりから二メートル近くも下がっている。

「じゃ、彼女は水が減っているのに気付かずに飛び込んで――」

「底に頭を打ちつけたんだと思う。――たぶん首の骨が折れたんだろう。全く……」

片山は立ち上った。

「ともかく一応変死事件だからな。警察へ届けなくちゃ。どうして僕を呼んだんだ？」

「動転してしまってね。どうしていいか分らなくなっちまったんだ。僕にも、こっそりここを使わせていた弱みがあるし……。考えあぐねてる内に、ふっと君が刑事だったと思い出してね」

「分るよ。死体に出くわすなんて、そうそうあることじゃないからな」

片山は慰めるように汐見の肩を叩《たた》いた。「僕が警察へ電話してやろう。――電話はどこだい？」

「そうしてくれるとありがたいよ」

汐見はホッとした様子で言った。「電話は管理室にある」

「そうか。じゃ、行こう。おい、ホームズ、行くぞ」

と声をかけて振り向くと、ホームズは、プールのへりに沿った排水用の溝を辿《たど》って、ゆっくりと何かを探すように歩いている。汐見が不思議そうに、

「何してるんだ?」

「調べてるのさ。おい、ホームズ、これはただの事故だよ。お前の出番じゃない」

ホームズが不意にピンと耳を立て、プールへ入って来る扉の方を見た。そして短く鳴き声を立てる。片山もつられて扉の方へ目を向けて——。

「誰か来る!」

と言った。

「まさか、こんな時間に」

片山は汐見の腕を取って、

「隠れよう!」

と低い声で言った。

「じゃ、更衣室の方へ」

二人は足音を殺して素早く更衣室のドアから中へ滑り込んだ。ホームズも——足音は大体しないのだから——二人の後からやって来た。ドアを細く開けて覗《のぞ》いていると、扉がゆっくりと開いて、若い娘が入って来た。——二十歳前後という所か、やや小柄で、長い髪を肩へ垂らし、ジーンズ姿で、肩から大きなショルダーバッグをさげている。入って来て、物珍しげに中を見回すと、ゆっくりプールのふちを歩き出した。

片山は声をひそめて訊いた。

「知ってるか？」

「いや、見たことがないな」

と汐見は首を振る。「一体何の用だろう？」

見ていると、その娘は、ぶらぶらと散歩でもするような足取りで歩いて来た。そして例の死体の浮いたプールの所へ……。娘はピタリと足を止めた。そして「キャーッ！」と悲鳴を上げる——だろう、という片山の予想に反して、娘は至って平然とプールのふちにかがみ込んで、死体へ触れようとするかのように身を乗り出し、手を伸した。

「妙だな……」

片山は呟《つぶや》いた。「あの女、怪しいぞ」

「どうしてだい？」

「普通なら、死体を見たら驚いて悲鳴ぐらい上げるか、卒倒しないまでも、青くなるはずだよ。それなのに、いとも平気な顔をしてる。ということは、ここに死体があることを知っていたに違いない」

「なるほどね」

と汐見が肯《うなず》いた。「じゃ——どうするんだ？」

「とっ捕まえてやる」

と片山は言った。

友人の手前、ということもあって、いつになく張り切っていた。もっとも、相手が若い娘、ということもあった。これが見るからに凶悪なつら構えの大男だったら、大分態度も変っていたに違いない。

片山はさっとドアを開けて、大声で言った。

「そこで何をしてる！」

娘がはっと立ち上ると、出口の方へ走り出した。

「待て！　止まれ！」

片山も負けじと追いかける。相手が、かかとの高い靴をはいていたこともあって、あまり足に自信のない片山にしては一気に娘に追い付き、後ろから抱くようにして、

「大人しくしろ！」

——と、ここまでは計算通りだったのだが、考えに入れていなかったことが二つあった。一つは娘が予想外に暴れて抵抗したこと。もう一つは、二人が競泳用のプールのへりにいたことである。

アッという間もなく、バランスを失って、片山はその娘もろとも、プールの中へ突っ込んでしまった。

「すると君は……」

片山が言いかけて、絶句した。

「そうよ、当り前でしょ。死体があって、いきなり変な男が飛び出してくりゃ、逃げ出さないでいられる？」

娘は大むくれである。

「『警察の者だ』って名乗りもしなかったじゃないの！」

そう言われてみればその通りだ。片山は、濡《ぬ》れて、水のしたたる髪を手でかき上げた。

ずぶ濡れになった二人は、管理室で汐見に借りたバスタオルにくるまっていたが、着替えなどあるはずもないので、服は濡れたまま。何とも冴《さ》えない格好である。

「しかし……」

片山はタオルで耳の穴をほじくりながら言った。「君は何しにここへ来たんだ？　それにプールの死体を見ても、少しも驚かなかったじゃないか。死体があるのを知ってたのか？」

「一度に色々と訊《き》かないでよ。ここへ来たのは取材のため」

「取材？　何の？」

「T大学の新聞部の記者なのよ。我が大学の水泳部のホープ、広田紀美子がここで深夜の練習をしてるって噂を聞いてね。その様子を見ようと思って来たのよ」

「どこから入った？」

「裏口。開いてたもの」

と澄ましたものである。

「それじゃ、死体を見てびっくりしなかったのは？」

「女なら死体を見て失神しなきゃいけないの？」

「いや、しかし普通は——」

「私は普通じゃないの。それが答えよ」

「じゃ——本当は男なのかい？」

ついそう訊いて、相手がかみつきそうな顔になったので、片山は慌てて、

「き、君、名前は？」

と訊いた。娘はしばらく片山をどうしてやろうかという目つきで眺めていたが、やがて思い直したように肩をすくめて言った。

「T大学文学部二年。永井《ながい》夕子《ゆうこ》」

「学生証は？」

「バッグの中。——びしょ濡れのね」

片山は咳払《せきばら》いをして、

「いや……どうも僕の方が、早とちりだったようだね」

と言った。「しかし、死体を見ても平気っていうのは？」

「私、犯罪捜査に興味があるの」

と永井夕子という娘は楽しげに言った。「殺人事件に出くわすなんて、ワクワクする

わ！」

　こりゃやっぱり少しイカレてるな、と片山は思った。そこへ汐見が、自動販売機のホットコーヒーの紙コップを二つ持ってやって来た。

「さあこれでも飲んで」

　と二人へ渡す。「――おい、片山、電話しなくていいのか？」

「うん、今かけようと思ってた所だ」

　とコーヒーを一口すすって、電話の方へ行きかけると、

「あら、もう少し待ったら？」

　と永井夕子が声をかけた。

「どうして？」

　と片山が不思議そうな顔で訊いた。

「このなりをどう説明するの？　二人で仲良く濡れてました、なんて、ちょっとスキャンダルになるわよ」

「おい、冗談じゃないよ！　ただ死体を引き取ってもらうだけだ。そんな心配は無用だよ」

「捜査しないの？」

「捜査？」

「殺人事件なのに」

永井夕子の言葉に、片山と汐見は顔を見合わせた。

「君はあれが殺人だって言うのか？」

「ええ」

といともあっさり肯く。汐見が首を振って、

「まさか！　紀美子は人に恨まれるような娘じゃなかったよ」

と言った。永井夕子はちょっと目を見開いて、

「あら、何か誤解してるんじゃないかしら」

と汐見を見た。「あの死体は広田紀美子さんじゃないわよ」

片山は面食らって、

「そんなことはないよ。だって彼女はこの汐見の恋人だったんだからね」

「あら、それじゃ言わせていただきますけどね、私は彼女と同じ学部で、年中顔を合わせてるのよ」

汐見が前へ進み出た。

「君は本気で言ってるのか？　あの死体が広田紀美子でない、と……」

「その通り」

永井夕子の自信たっぷりの様子に、汐見もやや動揺した様子だった。

「それじゃ……彼女は嘘をついてたのか！」

「あなたの恋人には違いないのね？」

「もちろん！　毎晩ここへ来ていたんだ。それなのに……。確かに彼女の学生証なんか見たこともないが……」

片山は頭がこんがらがって来た。

「それじゃ何か？　あれは広田紀美子と名乗ってた別の女の死体だ、と？」

「これは少し調査の必要がありそうね」

永井夕子はそう言うと、タオルを放り出して、さっさと管理室から出て、プールの方へと歩いて行った。片山と汐見は、慌ててその後を追った。

3

「あら、あの猫は？」

永井夕子は、死体の浮いたプールの傍にちょこんと座っているホームズを見て言った。

「あれは僕の相棒でね。ホームズっていうんだ」

「へえ。頭の良さそうな猫ね。飼主に似ず」

「そりゃまあ――」

と言いかけて、「おい！」

とにらんだが、もう相手はホームズのそばにかがみ込んで、

「可愛いわねえ。……ゴロゴロ言ってる」

などとやりながら、ホームズの顎《あご》を指で撫《な》でている。片山は甚だ面白くない。

「君はどうしてこれが殺人だというんだ?」

とぶっきら棒な口調で訊く。

「ご覧なさいよ、今は水がこんなに減っているけど、プールの壁はずっと上まで濡れているわ。少し前まで、プールには水が一杯入っていたのよ」

片山はしゃがみ込んで壁に触れてみた。確かに永井夕子の言う通りだ。

「おい、汐見。この水がいつ減らされていたのか、憶《おぼ》えてないか?」

「さあ……。ここは滅多に使わないんでね」

「どこで水を捨てるんだ?」

「その扉の奥にバルブがあるんだ」

「誰にでも扱えるのか?」

「そりゃそうだよ。何も鍵《かぎ》をかける必要なんかないからね」

片山は考え込んだ。するとどういうことになるのか……。

「可能性としては二通り考えられるわね」

と永井夕子が言い出した。「一つはこの女性を殺す目的で誰かが水を抜いて、水位を低

くしておいた。もう一つは彼女を殺しておいて、ここへ放り込み、事故と見せかけるために、水を抜いておいた……」

「本当の事故という可能性もないわけじゃないよ。誰かが間違えてこのプールの水を少し抜いてしまって……」

と言いかけて、片山は言葉を切った。

このちょっとおかしい大学生の娘を相手に、まともに事件のことを考えている自分に気付いたのだ。何とも風変りな娘である。しかし、可愛い顔立ちだ。片山は初めてそれに気付いた。

「そうねえ……。でも高飛び込みをやろうっていう人が、水が減っているのに気付かないなんて事があるかしら」

と永井夕子の方はすっかり名探偵よろしく考え込んでいる。

ホームズがヒョイと立ち上ると、夕子の方へ、ついて来いとでもいうような目を向けて、トットッと歩き出した。

「ん？　……何なのかしら？」

夕子は呟《つぶや》いて、ホームズの後から歩いて行く。ホームズはプールのふちをグルリと回って、飛び込み台の根元近くへ来ると、プールのへりの排水溝へ、前肢《まえあし》を入れて探るような仕草をした。

「何なの？　そこを調べろって？」

夕子は不思議そうな顔でかがみ込んだ。片山もやって来て覗《のぞ》き込む。ホームズの奴、何か見付けたな。どうして俺に教えないんだ、畜生！

夕子が、一本の髪の毛をつまみ上げた。

「ご覧なさいよ、ほら！」

「髪の毛だね」

「調べればきっと分るわ」

「何が？」

「あそこに浮いてる女の髪だってことが、よ」

片山は、まだ浮いたままの死体へ目を向けた。

「それがどうかしたのかい？」

「いやねえ」

と夕子は顔をしかめた。「この排水溝にあの女性の髪の毛があるってことは、あの女性がプールに入った時には、水がプール一杯に入ってたってことじゃないの。そうでなきゃ、こんな所へ髪の毛が入り込まないわよ」

「それは……まあ……そうとも考えられるね」

片山は曖昧《あいまい》に言った。夕子はホームズを眺めて微笑んだ。

「この猫、ちょっと普通の猫と違うようね」

「君と同じだ」

片山は低い声で呟いた。


「——十五分もすりゃ、色々押しかけて来るだろう」

片山は受話器を置いて言った。

「迷惑かけたなあ」

と汐見が言った。

「いや、そんなことはいいんだ。しかし、君もショックだろう」

「全くだよ。一体どうして彼女は嘘をついてたのか……」

「心当りはないのか？」

「分らない。まあ——水泳の選手だということにすれば、ここへ来られると思ったのかなあ。しかし、僕にそんなに惚《ほ》れる女がいるとも思えんしね」

片山は汐見をじっと見ながら、言った。

「あの永井夕子って娘の言うことが、もし事実だとすると、あの女性は殺されたことになる。そうなると犯人がいるわけだ」

「僕が疑われるってわけだな？」

「いや、そうは言わないよ。しかし、担当の刑事に色々と訊《き》かれるのは事実だろうな」

「覚悟してるよ」

と汐見はため息をついた。

「あの女性が泳いでいる間、君はどうしていたんだ？」

「僕か？　――そうだな、外にいた」

「外？」

「うん。そこの裏口から出た駐車場のあたりをぶらぶらしてたんだ。練習の邪魔をしちゃいけないと思って……」

「それじゃ、誰かがその間にここに入ることもできたんだな？」

汐見はしばらく考え込んでから、ゆっくりと肯《うなず》いた。

「そうだな。できたと思うよ。駐車場の出入口の所でしばらくタバコを喫《す》ったりしてたからな。表からこの建物のわきを回って来れば……。僕の目を盗んで裏口から入り込めたろう」

「それなら安心だ」

「どうして？　君も僕が殺したと――」

「いや、そうじゃない。しかし、実際に捜査に当る刑事がどう思うかは別だからな」

「それもそうだな」

汐見は憂鬱《ゆううつ》そうに肯いた。「しかし、彼女、一体何者なんだろう？」

二人はしばし黙り込んだ。——片山がふっと顔を上げて、

「そうか！　おい、彼女の服やバッグがあるだろう！」

「そうだ、更衣室にある」

「どうして気が付かなかったんだろう！　よし、行ってみよう」

二人は急いで管理室を出たが、体操場へ入って、目を丸くした。永井夕子がトランポリンの上でピョンピョン飛びはねているのだ。

「おい、何やってるんだ？」

と片山は呆《あき》れて訊いた。

「あら、だって服が濡《ぬ》れてて寒いから、暖まってるんじゃないの」

と言うなり、高々と飛び上って、床のマットへストンと降りて来た。

「なかなかいいバランスだ」

と汐見が賞《ほ》めると、夕子はニッコリして、

「ありがとう。——刑事さんもやったら？　暖くなるわよ」

「僕は結構。ホームズを見なかったかい？」

「私に付合ってやってたのよ、トランポリンを」

「ホームズが？」

「あっちの小さい方でね」

見れば子供用なのか、一メートルと二メートルぐらいの寸法の小型のトランポリンが置いてあり、その真中にホームズが丸くなっていた。

「呆れたな！」

　片山は思わず笑い出してしまった。

「あの女性、M大学の学生だったのね」

　と、夕子が言った。

　片山が驚いて、

「どうして分った？」

　と訊くと、夕子は、

「更衣室の持物を調べたのよ」

　と、当然という口ぶり。

「おい、そんな勝手なことを——」

「いいじゃないの。別に何も盗んじゃいないわよ」

「当り前だ！」

　何て図々《ずうずう》しいんだ。片山は言葉もなく、急いで更衣室へ向った。

「——小原靖子《おはらやすこ》。M大学一年、か」

片山は学生証の写真を見て言った。「確かにあの女性だな」

「M大もこの近くだから、ここへ来てもおかしくはないがね。しかし、どうして広田紀美子と名乗ったりしたのかなあ……」

と汐見は首をひねった。

「汐見、悪いが外へ出て、パトカーが来るのを待っててくれないか。そろそろ来るころだ」

「分った」

汐見が行ってしまうと、片山は学生証などを元通りにしまい込んだ。プールのわきを抜けて戻りかけると、急に頭の上から、

「刑事さん」

と呼びかけられた。

びっくりして上を向くと、永井夕子が、あの高飛び込み用の十メートルの台の上から手を振っている。

「おい！　危いじゃないか！」

片山は青くなって、「降りて来い、落ちたらどうするんだ！」

と怒鳴った。

「大丈夫よ。上っていらっしゃいよ」

と夕子は至って呑気《のんき》に、台の突端に腰をかけて足をぶらぶらさせている。

片山は胃をギュッとしめつけられるような気がした。極度の高所恐怖症なのである。

「ねえ、どうしたの？　――分った。怖いんでしょ」

そう言われると、片山の方も「実はそうなんだ」とも言えない。

「怖くなんかないぞ。よし、今、上って行く！」

と平気な風を装って、台のはしごを上り始めた。

――何だ割に大したことないじゃないか。

「上って来たぞ」

と台の上に立って下を見渡し――とたんにヘナヘナと座り込んでしまった。

「だらしのない刑事ねえ」

と夕子は笑いながら言った。

片山は、

「いや……今日はちょっとコンディションが悪い」

と言い訳した。

登山じゃあるまいし。

「片山さん、だっけ？」

「あ、ああ……」

「おいくつ？」

「二十……九」

「奥さんいるの？」

「いや。妹と二人――いやホームズを含めて三人暮しだ。どうしてそんなこと訊くんだ？」

「ちょっと興味があっただけ」

夕子は台の端に立って下を覗《のぞ》き込んだ。片山は心臓が苦しくなるほど緊張して、

「おい！　危い！　さがれよ！」

と、まるで自分が落ちそうだとでもいう様子。

青くなって額に冷汗が浮かんでいる。

「大丈夫よ」

夕子は事もなげに言った。「ここからなら……」

「何がだい？」

「下に水がなかったら、どうなるかしら？」

「そりゃ……死ぬさ」

「でも、きっと頭が割れるかどうかするでしょうね」

「そうだな、十メートル――いや、底までなら十五メートルあるわけだから」

「すると……やっぱり違うのか」

夕子は一人言のように呟《つぶや》いて、座り込んだ。

「何を考えてるんだ？」

「あの小原靖子って娘《こ》、もし頭を打って死んだとしたら、どこで打ったのかしら？　プールに水が一杯入ってたとすれば底で打つはずはない。すると……」

「殺されたのなら、どこか他で殺して運んで来たのかもしれない」

「それはそうなんだけど……。水着はどうしたのかしら？」

「犯人が殺してから着せたのかもしれないよ」

「そうは思えないわ」

「どうして？」

「死体を運んで来たり、プールへ投げ込むのは、女性の力じゃ大仕事だわ」

「ふむ。それで？」

「でも、あの更衣室に脱いであった服や下着のたたみ方、置き方を見ると、ちょっと男性じゃああはいかないと思うのよ。あれは女性がたたんでおいたのよ」

「すると自分で脱いだ、というわけか？」

「その可能性が強いって程度だけどね」

「もしそうなら、やはりこのプールで殺されたことになる」

「そうね。でもどうやって？」

夕子は眉《まゆ》を寄せて考え込んだ。「ここから飛び込んで、プールの外に落ちることってあるのかしら？」

「まさか！　それじゃ飛び込みの選手はいくつ命があっても足らないよ」

「それはそうね」

と夕子は肯《うなず》いた。「――さて、それじゃ私、失礼するわね」

「おい、一応君も警察に――ちょっと待てよ！」

止める間もなく、夕子はさっさとはしごを降りて行ってしまう。片山も慌てて降り始めたが、何しろ足が震えて、なかなか進まない。

やっと下へ着いた時には、もう永井夕子の姿はなかった。急いで管理室へ行ってみたが、夕子の姿も、ショルダーバッグもなく、ただホームズがいつの間にか椅子にうずくまっている。

「おい、ホームズ。今の娘、どう思う？」

片山はもう一つの椅子に腰かけて言った。

「どうも、あんまりまともじゃないけど……。でも、ちょっと可愛かったじゃないか。そうは思わないか？」

ホームズは、そんなこと知るか、と言いたげに目をつぶってしまった。

4

「お兄さん、電話よ」

と晴美が言った。片山はお茶をガブリと飲んで、

「誰だい？」

「永井さんって女の人」

「永井？」

ちょっと考えながら受話器を受け取り、「はい、片山ですが」

と言うと、明るい声が飛び出して来た。

「刑事さん？　永井夕子よ」

「ああ、君か！」

「何だか迷惑そうな声ね」

「い、いや、そんなことはないけど……」

と、慌てて言って、「で、何か用かい？」

「あの事件、その後どうなって？」

「ああ、例のプールの……。いや、よく知らないんだ」

「頼りないのねえ」

「そう言われても……。何しろ、僕の担当じゃないし、こっちも忙しくてね」

「調べてみてよ」

「それはいいけど、どうするんだい？」

「気になるのよ、やっぱり。じゃ、明日《あした》、夕方会いましょう。渋谷《しぶや》の〈R〉って店、知ってる？」

「ああ、分るよ。でも――」

「じゃ五時に。待ってるわね」

片山はぼんやりと、切れた受話器を持って突っ立っていた。――一体どういうつもりだ、あの娘？

「どうしたの？　誰なの？　今の人？」

晴美が、食卓へ戻った片山に訊《き》いた。

「いや、何でもないんだ」

「あら、お兄さんの彼女かと思ったのに」

「彼女？　とんでもない！」

片山は首を振った。あれが「彼女」じゃ、とっても付合いきれないよ！

永井夕子はもう先に来て待っていた。

「もう洋服も乾いたようね」

と笑いながら言う。

「当り前だよ」

「あら、ホームズ、お元気?」

夕子が片山の足下のホームズの鼻先を撫《な》でてやった。「で、事件の方は?」

「うん。色々調べてはみたらしいんだが、結局、殺人だというはっきりした根拠も見付からず、事故ということで片付きそうだよ」

「そんなこと……」

と不満顔の夕子へ、片山は肩をすくめて見せた。

「仕方ないよ。僕の力じゃどうにもならない」

「小原靖子って娘がどうして広田紀美子を名乗ってたのか、分ったの?」

「いや、分らなかったらしい」

「そう……」

「きっと何かわけがあったんだろ」

と、片山は至極もっともなことを言った。「ともかく、もうすぐ一件落着ってことになりそうだよ」

「落着してるのは分ってるわ」

「ええ？　だって君は――」

「殺人だってことははっきりしてるし、犯人も分ってる。ただ、どうすればそれを警察に納得してもらえるかが問題なのよ」

片山は、やっぱりこれはまともじゃない、と思った。夕子はホームズを見下ろして、

「ねえ、名探偵さん、いい手はないかしら？　あなただって犯人は分ってるんでしょう？」

ホームズは短く「ニャン」と鳴いた。

「そうでしょう？　問題は犯人をどうやって――」

急にホームズがテーブルの上へヒラリと飛び上ると、夕子の膝《ひざ》へ飛び下り、そこから弾みをつけて床へ下りた。そして夕子の顔を見上げた。――夕子は目を輝かせて、

「そうか……。その手があるわね！」

と呟《つぶや》いた。

片山はただ呆気《あっけ》に取られて二人の名探偵を眺めていた……。

汐見は腕時計を見た。八時になろうとしている。

「さて、帰るか……」

ポツリと呟く。――高飛び込みのプールの前で、立ち止まると、飛び込み台を見上げた。

あの事件以来、このプールは水を抜いて空《から》になっていた。全く、クビにならなかったのが幸いというべきだろう。汐見としては、勝手に閉館後のプール使用を許していたので、どういう処分をされても文句の言えない立場だったのだが、軽く注意されただけで済んだ。

俺は運が良かったんだ。――汐見は思った。

扉が開いた。振り向いて、汐見は目を見張った。

「君――どうしたんだ?」

「どう、って……あなた、用があるんでしょう?」

広田紀美子はいぶかしげに言った。「八時に来てくれって伝言を――」

「僕はしないよ」

そう言って、汐見はハッとした。「しまった! するとこれは――」

「じゃ、誰かが罠《わな》を?」

「違いない。すぐに帰るんだ、見られない内に!」

と、汐見は紀美子の腕を取った。

「悪いな、汐見」

すまなそうな顔で、片山が扉の所に立っていた。「こんな古い手で引っかけたりして、すまん」

「片山……。分ってたのか?」

「あの小原靖子は、君の前の恋人だったんだな？　そしてそこにいる広田紀美子さんが毎晩来ていたことを知って、紀美子さんを殺せば、君を取り戻せると思った」

汐見は目を伏せて、しばらく黙っていたが、やがて首を振って、

「まさか……靖子があそこまで思いつめるとは思わなかったんだ」

と、苦しげに言った。

「待って下さい！」

と、広田紀美子が進み出た。「汐見さんは私をかばってくれただけです。あの人を殺したのは、私です」

「紀美子——」

「いいのよ、やっぱり、自分のしたことの責任は取らなくちゃ」

と、紀美子は汐見の手を握った。

そして片山の方へ向き直ると、

「あの人は私を殺そうとして待ち受けていたんです」

と、しっかりした声で言った。

片山は肯《うなず》いて、

「たぶん、前にも何度かここへ忍び込んで、君が泳ぐのを見ていたことがあるんだろう。それで、よく高飛び込みをやるのを知ってたんだろう」

紀美子は不思議そうに片山を見た。

「分ってるんですか？　あの人がどうして私を――」

「そのつもりだよ」

片山は飛び込み台の方を見上げた。「君はいつも一気に上の台まで上って飛び込む。プールの水が減っていたら、君が気付かないはずはない。だから、君がプールの外へ落ちるように工夫しようとした、そうだろう？」

紀美子は答えなかった。片山は続けて、

「彼女は、汐見が外で君を待っている間にここへ入り込み、君が来るのを待った。そして君が更衣室へ入っている間に、体操室から小型のトランポリンを運び出して来た。飛び込み台には踏み切り板がある。トランポリンをその先にゆわえつけて、五メートルの台から突き出してやる。君が十メートルの台から飛び込んで来ると、途中でトランポリンにぶつかる。君ははねとばされて、プールの外へ叩《たた》きつけられる……」

紀美子はゆっくりと肯いてから、

「でも、私は少し遠くへ飛んだものですから、それにぶつからずにすんだんです。私が急いで水から上ると、彼女は慌てて逃げようとしましたが、下から私が上がって行くので、上の台へと登って行きました。十メートルの台の上で争いになり……彼女がバランスを失って落ちたんです。そして、自分で仕掛けたトランポリンにぶつかってプールのへりへ頭をぶつけ……」

「死んでしまったわけだね」

「私、どうしていいか分らなくなって……。そして彼が入って来たんです」

汐見が紀美子の肩を抱いて、言った。

「僕は言ったんだ。いくら事故だと言っても、警察の調べや何かがあるに違いない。大事な選手権を前にして、そんなことで体調を崩すのは惜しい、とね。それで、何とか事故に見えるように偽装して、ごまかそうとした。――君にはすまなかったと思ってるよ。君は人が好《い》い。きっと信じてくれると思ったんだ。そうすれば、いきなり警察へ知らせるよりも、疑われずにすむと思った」

「なぜあの娘が広田紀美子だってことにしたんだ？」

「いや、そうするつもりじゃなかったんだ。ただ、あの永井夕子っていう娘が急に現われたんで、そうする他なくなっちまったのさ」

「そうか、それで分ったよ」

片山は肯いた。

「――で、僕らは逮捕されるのか？」

「僕はこの件の担当じゃないんでね」

片山は二人の顔を交互に見て、「君らが進んで警察へ行ってくれるなら、何も言わないよ。大分心証は良くなるはずだ」

「ありがとう」

と、汐見が言って、紀美子の腕を取った。

「私も申し出るつもりだったんです」

紀美子が微笑みながら言った。「選手権では一位になれたし」

「おめでとう」

と、片山は言った。


二人が汐見の車で走り去って行くのを、片山が見送っていると、

「どうだった?」

と、夕子が暗がりからホームズを連れて現われた。

片山は二人の話をくり返した。

「それなら結構ね」

「まあ、これで良かったのかな」

二人と一匹は、ぶらぶらと夜の道を歩き出した。

「しかし……」

片山が言いかけた。

「え？」

「いや……あんなこと、可能なのかな。トランポリンを──」

「不可能に決ってるじゃないの」

夕子は事もなげに言った。片山は呆気《あっけ》に取られて夕子を見た。

「それじゃ一体……」

「要はね、あれが事故でないことを警察へ知らせたかったのよ。そのためには何も証拠がないんだから、あの二人に自首してもらうしかなかったわけ」

「しかし、あのトリックの話は──」

「二人ともあなたの話を聞いて、それに飛びついただけなのよ。二人でいるのを見られて焦っていたでしょうからね。あなたの話に合わせて、咄嗟《とっさ》に話をでっち上げたんでしょう。あなたの話の通りなら、正当防衛ってことになるんだから。二人にとっちゃ好都合だったわけよ」

「君はそれを承知で、僕にあんなことを言わせたのか？」

片山は頭にきた。「あの二人、今ごろ僕のことを笑ってるぞ、畜生！」

「そう怒らないで」

と、夕子はクスクス笑いながら言った。「あの二人が警察へ行ってあんなトリックの話をしたって、信じてくれっこないわよ。色々訊問《じんもん》されれば、二人もその内にはぼろを出すに決ってるわ」

「それが君の狙いだったのか？」

「ええ」

「参ったよ、君には！」

片山は首を振った。「じゃ、あの小原靖子が殺されたのは一体なぜなんだ？」

「この間の選手権で、広田紀美子とトップを争うだろうって予想されたのが小原靖子だったのよ」

「何だって？　すると――」

「広田さん、勝つためなら何でもやるっていうタイプの人だったから。選手権の前に、二人だけで泳ごうって誘いをかけて小原靖子を呼び出し、その後で、飛び込みをやってみようと言ってあの台の上へ……。そして突き落とす。プールの外へ、ね」

「それじゃ、汐見も手伝って……」

「警察で調べられれば分るわよ」

と、夕子は言って、足下のホームズへ、「ねえ、ホームズ？」

と、声をかけた。


翌朝、片山は新聞を広げて、社会面を眺めた。

「お兄さん、食べながら新聞を読まないでよ」

と、晴美が文句を言った。「――お兄さんったら。どうしたの?」

「いや……ちょっとね……」

片山は新聞を閉じた。――交通事故。小型乗用車、ダンプと正面衝突。乗っていた男女は即死。

汐見と広田紀美子が死んだのだった。片山は起き出して来たホームズへ、記事を見せてやった。

「なあ、どう思う? ダンプの運転手は、まるで乗用車がわざとぶつかって来たようだったと言ってるんだぜ。――あの二人、後になって気が付いたのかもしれないな。警察へ行けばおしまいだってことに。といって、行かなければ俺が話す。結局逃れられないと思って、わざと車をぶつけたんじゃないかな……」

せめて、そう思いたい気持だった。ホームズは大きく伸びをして、顔を洗い始めた。

「それにしても妙な娘だったな」

と片山は言った。

「何をブツブツ言ってるの。遅れるわよ、お兄さん」

と、出勤の仕度を済ました晴美が言った。

「分ったよ」

片山は慌ててネクタイをしめ、背広を着た。

「あの娘、ちょっと晴美に似た所があったな。――ホームズ、お前、そう思わなかったか?」

ホームズは片山の問いが聞こえたのか、顔を上げると――ちょっとヒゲを動かした。

片山の目には、ホームズがニヤリと笑ったように見えた。

三毛猫ホームズの英雄伝説

1

背後の足音に気付いたとき、一瞬照子《てるこ》はゾッとして足がすくんだ。

まさか！　――もうあんなこと、いやだ、二度と。二度とあんなこと……。

大丈夫。――大丈夫よ。

自分にそう言い聞かせて、足を速める。

三年前とは違う。もちろん、照子自身も十九歳になった。でも、それだけじゃない。

あのころ、この道はまだほとんど両側に家もなくて、雑木林が沢山残っていた。今はもう、ほとんど切れ目なく家が建って、何かあれば駆け込んで助けを求めることができる。

そう。大丈夫よ。

照子は自分を励まして、そう呟《つぶや》いた。けれども、身のすくむような恐怖心は、一向に去ろうとしなかった。

後ろから間を置いてついてくる足音にしても、もちろん同じ方向へ帰る勤め人だという可能性もあるのだが、こんな時間に一人で帰るのは、三年前のあの出来事以来、初めてだったから、つい恐怖心が先に立ってしまうのである。

今日に限って、家には誰もいない。

夜十時を過ぎれば、駅から電話をして、必ず父か母が迎えに来てくれる。――この三年間、その習慣は変ることがなかった。

照子自身、夜十時前にはできる限り帰るようにしていたから、そんなことも多くはなかったのである。

しかし――沼井《ぬまい》照子も、もうセーラー服の高校生ではない。大学二年生である。クラブの飲み会とかには付合わざるを得ないし、そうなるといつも十時前に家へ帰るというわけにはいかない。

だが今夜は――。父は出張中。めったに出かけることのない母は、親戚《しんせき》に不幸があって名古屋《なごや》へ行ってしまった。

そうなると、兄が転勤で大阪へ行ってしまっているので、家には迎えに来てくれる人が誰もいない、ということになる。

もちろん、何も起るわけがない。たった一晩のことなのだから。何も……。

照子は、いつの間にかさらに足どりを速めていた。足音はピタリとついてくる。

まさか！　お父さん！　お兄さん！　助けて！

膝《ひざ》がガクガク震えて、駆け出すことができない。あの三年前の記憶が、照子の足を縛りつけてしまうのだった。

近付いてくる。追いついてくる。

神様！　あんなひどいこと、二度といやです！

叫ぼうとしても、声が出ない。——助けて、と心の中だけで叫んだ。でも、今度は誰も来てくれない……。

「沼井さんだね」

と、男の声がした。

え？　私を知ってるの？

照子は振り返った。街灯の光に、照子の顔が照らし出される。

「やっぱり！」

と、その男は言った。「そうじゃないかと思ったんだ。しかし、きれいになって！」

中年の、髪を短く切った男だった。——見たことがある。前に確か……。

「あの……」

「忘れたかい？　そうだろうな。もう三年もたつ。あんたは高校二年生だったものね」

小さな風呂敷包《ふろしきづつみ》を抱えたその男は、穏やかに微笑んだ。

照子の胸に、熱いものが満ちて来た。

「あの……秋山《あきやま》さん……ですね」

「やあ、思い出してくれたかい？」

と、男は嬉《うれ》しそうに、「秋山浩二《こうじ》だ。三年ぶりかな」

「はい！　あのときは……」

と言いかけて、「秋山さん。——ずっと、確か……」

「うん。今日、刑務所から出たばかりさ」

と、秋山浩二は言った。「あんたが元気にしてるかと気になってね」

「元気です。——ご覧の通り」

と言って、少しはにかむ。「太っちゃって困ってます」

「いやいや、丸みを帯びて、女らしい体つきになったよ」

「いやだわ」

と、照子は笑って、「あの——ぜひうちへ。今夜は父も母もいないんですけど」

「それはありがたいが……。構わないのかい？」

「ええ。もちろん！」

と、照子は肯《うなず》いた。「さ、どうぞ」

照子は、秋山の腕を取って、ほとんど引張るように歩き出した。

「いや、今夜は楽しかったよ」

と、沼井定一《ていいち》は言った。「明日《あした》、早いのか？」

「うん」

片山義太郎は肯いて、「朝七時にはホテルを出ないと。悪かったな、忙しいのに付合わせて」

「なあに。こんなことでもなきゃ、やってられないさ。息が詰る」

と、沼井定一は笑った。「上ってかないか?」

沼井が一人で借りているワンルームマンションの前まで来ていた。

「いや、もう失礼するよ。旅に出ると眠くなるって性質《たち》なんだ」

片山の言葉に、沼井は笑って、

「全く、よくお前に刑事が勤まるもんだ」

「僕もそう思うよ」

と、片山も笑って、「じゃあ……」

と歩きかけたが、そのとたん、パラパラと雨が降って来た。

「ほら。寄ってけってことだよ」

と、沼井は言った。「どうしても止まなかったら、傘を貸してやるからさ」

ホテルまで、歩くと十分近くかかる。片山も諦《あきら》めて、一旦《いったん》旧友の部屋へ上ることにした。

「――さ、入れよ。狭いけど」

と、沼井は言った。「何しろ、一人住いだ。寝られるスペースさえありゃ充分だからな」

「うん。お邪魔するよ」

片山は、ベッドと小さなテーブル、そしてTVを置くと、ほとんど空いた場所のない部屋へと上った。

しかし、狭いなりに部屋はきちんと片付いていて、いかにも沼井らしい、と片山は思った。沼井定一とは高校時代からの友人だが、昔から几帳面《きちょうめん》な性格なのである。

「コーヒーでもいれようか」

と、沼井がネクタイを外していると、電話が鳴り出した。

「出なくていいのか」

「仕事の話なら、明日にでもこっちからかけるさ」

留守番電話のセットがしてあって、応答テープが回ると、ピーッと信号音が聞こえて、

「お兄さん。照子よ。知らせたいことがあるの。電話して」

と吹き込む声が聞こえて来た。

「妹だ。――もしもし」

と、沼井が急いで出る。

「あ、いたの？　留守電にしちゃって」

「今、帰って来たところなんだ。知らせることって何だ？」

「今、お客様がみえてるの。誰だと思う？」

「そんなこと知るか」

と、沼井は笑って、「お前の彼氏か？」

「もう！　人を馬鹿にして」

と、向うは怒っている。「代るわよ。――どうぞ」

少しして、

「もしもし」

と、ややおずおずとした男の声が聞こえて来た。

「どなた？」

と、沼井は不思議そうに言った。

「定一さんですか。ごぶさたして。秋山です」

「秋山……。秋山さん？　あの――」

「三年前の事件じゃ、お世話になって」

「いや……。びっくりしました。出て……来られたんですか」

「ええ、今日、出所して来たんです。妹さんは、すっかりおきれいになられて」

「はあ……。しかし、それは――。おめでとうございます」

「ありがとう。色々尽力して下さったおかげで、早く出られたんだと思ってます」

「そんなことも……。僕は今、大阪なものですからね。妹からお聞きになったでしょうが」

「ええ。皆さんお変りないようで。また、お目にかかれると思いますが、とりあえずご挨《あい》拶《さつ》をと思いまして」

「そうですか。もちろん、一度お会いしたいと思ってますよ。——妹、そこにいますか」

「ええ。もう失礼するところでして。じゃ、これで」

「はあ、どうも……」

照子が代って、

「お兄さん、ちゃんとご挨拶してくれた?」

と言った。

「うん、もちろんだ」

と、沼井は言った。「お前——一人なんだろ、今夜?」

「ええ。——ね、お兄さん」

と、照子は小声になって、「秋山さん、行く所がないんですって」

「ない? 家は?」

「それが……。刑務所にいる間に、奥さんが……。詳しいことは、また電話するわ」

「分った」

「ともかく、何とか時間作って、一度帰って来てよ。ね? 秋山さん、何とかしてあげないと気の毒だわ」

「うん。——そうだな」

と、沼井は言った。「できるだけ早く帰るよ」

「そうしてね。私、秋山さんを送ってくるから」

照子の声は明るい。

電話が切れると、片山は、

「秋山って……妹さんを助けた人だろ」

と言った。

電話の外部スピーカーが入っていたので通話を聞いていたのである。

「うん。そうだ」

沼井は、何やら考え込んでしまっていた。

「——雨、止んだらしいな。帰るよ」

と、片山が狭苦しい玄関で靴をはこうとすると、

「片山」

と、沼井が呼び止めた。

「何だ?」

「相談したいことがあるんだ。——な、聞いてくれないか」

沼井の表情は真剣だった。片山はため息をついて、また部屋に上ることになったのであ

る。

2

「殺人罪？」

と、晴美がご飯をよそって、「殺人で、たった三年しか入ってなかったの？」

「殺人といっても、過剰防衛ってことだったんだ」

と、片山は二杯目をのんびりと食べ始めて、「――やっぱり我が家はいいや」

「そういうセリフは奥さんもらってから言ってよ。ねえ、ホームズ」

と、晴美は傍《そば》で柔らかいひき肉をもらって食べている三毛猫へと声をかけた。

「ニャー」

と、ホームズが同意する。

「大きなお世話だ」

と、片山は言い返したものの、この妹にはかなわないこと、百も承知である。

「過剰防衛って、何のことなの？」

と、晴美は訊《き》いた。

「うん。沼井の妹で……そうだ、照子ちゃんって子が、三年前、学校の帰りが遅くなって、夜道で襲われたんだ」

「まあ」

「確か、十六歳だったかな。札付きの不良が照子ちゃんにナイフを突きつけて脅し、雑木林の中へ連れ込んだ」

「それで――どうなったの？」

「服を引き裂かれて、乱暴されかかったとき、秋山って男が通りかかって駆けつけ、その不良ともみあいになった。そしてナイフを奪い取って、その不良を刺し殺したんだ」

「へえ……。でも、それじゃ、正当防衛じゃないの」

「うん。新聞やTVでも、秋山はヒーロー扱いされた」

「何となく憶《おぼ》えてるわ。TVのインタビューに答えてるのを見たことある」

「しかし――検死の結果、不良を三回も刺してたことが分ったんだ。腕と太腿《ふともも》。そして一つの傷が心臓を一突きして、これが命とりになった。状況から考えて、心臓の傷が最後だったと判断され、その時点では、もう腕と太腿を刺されて、不良は逆らう力を失っていたはずだった、というわけでね。それを更に刺して殺したのは、やり過ぎということになったんだ」

「そう……。でも、それで刑務所じゃ気の毒な気もするわね」

「たぶん上告していれば、もう少し軽くなっただろう。しかし秋山は上告せずに、刑に服した。三年で仮釈放というのは、もちろん早い方だよ」

「ふーん」

晴美は肯《うなず》いたが、どことなく、すっきりしない様子だった。「だけど、やっぱり納得できないなあ。——その秋山って人、よく文句も言わずに」

「うん。そのときの状況を、誰も見てなかったのが不運だった、というかな」

「その妹さん——照子ちゃん？　その子は見てたんでしょ」

「でも、憶えてないのさ。ほとんど、気を失ってるも同然だったわけだから」

「それもそうか」

片山は、残ったご飯にお茶をかけた。

「しかしな……」

「照子ちゃんにとっちゃヒーローよね、やっぱり」

「うん。——その秋山が、出所して来てみると、奥さんは他の男とどこかへ行っちまって、自宅にゃ他人が住んでたっていうんだから」

「あら、可哀そうね。踏んだりけったりじゃないの」

「ああ」

片山は肯いて、しかし沼井定一から相談されたことを思い出していた。

確かに、秋山浩二は恩人である。その点は、沼井照子の両親も、定一もよく分っている。

だが、ヒーローがいつも「理想の人間」ではないのもまた当然なのだ。

「──何かあったのね」

と、晴美が言った。「お兄さんの顔見りゃ分るわ。何なの?」

「うん……。実は──」

と、片山が言いかけたとき、チャイムが鳴った。

「誰かしら」

「石津《いしづ》なら、もう飯はないぞ、って言ってやれ」

「ちょっと! 石津さんに、可哀そうでしょ。それじゃ」

と、晴美は笑って立ち上った。

玄関へ出て、じき晴美が戻って来た。

「お兄さん、お客様」

「俺に?」

晴美の後からついて来たのは、まだ二十歳《はたち》そこそこの若い娘で、

「片山さん。──沼井照子です」

と、頭を下げたのである。


「ただいま」

と、沼井定一は玄関を入って言った。

「定一。——お帰り」

母親の治子《はるこ》が急いで出てくる。「よく帰れたわね」

「休暇を取った」

と、定一は言った。「照子は？」

「それが……。出かけたっきり、帰って来ないのよ」

治子は不安げに、「あんた、何か聞いてない？」

「出かけたって——いつ？」

と、定一はバッグを居間のソファへ投げ出して訊いた。

「昼間。それきり連絡もないの」

「そう……。照子から、秋山さんのこと、聞いただろ？」

「ええ。住む所もないとかって……。お気の毒ね」

「気の毒か」

と、定一は苦笑して、「こっちだって気の毒さ。そうじゃないか？」

「分ってるけど……。ともかく照子を助けてくれた人なのよ」

「もちろんさ！　そんなこと言われなくたって——。父さんは？」

「アメリカに行ってる。十日間くらいは帰らないわ」

「そう。――あのね、母さん。大阪に片山が来たんで、会って話したんだ」

「片山さんて、あの刑事さんをしてる人？」

「うん。黙ってるつもりだったんだけど、ちょうど二人でいるときに照子から電話があってね。事情を話して聞いてもらおうと思って――」

「あら、電話。きっと照子ね」

治子は、鳴っている電話へと駆けて行った。

「――はい、沼井です。――照子？　どこにいるの。遅いじゃないの。お兄さん、帰って来てるのよ。早く帰ってらっしゃい。――え？　――今、何て言ったの？」

治子が愕然《がくぜん》としている。定一は、

「どうしたって？」

と、母親の方へ歩み寄った。

「待ちなさい！　照子！　――もしもし！」

治子は、呆然《ぼうぜん》として受話器を戻した。

「母さん――」

「定一。照子が……。こんな馬鹿なことって……」

「どうしたの？」

「秋山さんと結婚したい、って」

「何だって？」

「確かにそう言ったのよ。『私、秋山さんと結婚するの』って……」

定一の顔から血の気がひく。

「照子……どこにいるって？」

「言わないの。秋山さんと一緒だって。――定一、どうしよう？」

定一は、ソファにゆっくりと座って、

「捜しようがないよ。ともかく今は放っとくしかない」

「そんなこと言って――」

「でも……その先は、やりようがある。そうだろ？」

と、定一は言って、じっと母親の顔を見つめていた。

「話したわ」

と、電話ボックスを出た照子は、外で待っていた秋山に言った。

「仰天してたろう。お母さん」

と、秋山が言って、照子の肩を抱いた。「当然だろうな。俺が親でも、とんでもない、って言うさ」

「でも――何も言わせないで切っちゃった」

と、照子はちょっと笑って、「兄が帰って来てるって」

「定一さんが？」

「ええ。父はまだしばらく帰らないけど」

照子は、秋山の腕を取って、「歩きましょう」

と言った。

夜道の暗さは、年齢の離れた二人をごく普通のカップルのように見せていた。

「こんなことは、やっぱり間違ってるような気がするな」

「もう言わないで。その話は終ったのよ」

「そうだった」

と、秋山は笑って言った。

照子が足を止め、二人は、周囲に人目がないのを一瞬で確かめると、しっかりと抱き合って唇を重ねた。

「——どこかに泊りましょう」

と、照子は秋山の胸に頬を寄せて言った。

「しかし……」

「大丈夫。私だって、もう十九よ」

「だけど、まだ男を知らないんだろ」

「初めての人があなたなら、一番幸せよ」

照子のひたむきな瞳《ひとみ》が、じっと秋山を見つめる。

「分った。——君のことは引き受けるよ」

「ええ。そうしてくれなきゃ、死んじゃう」

「軽々しく、死ぬなんて言うもんじゃない」

「でも、あなたがいなかったら、今、私は生きてなかったかもしれないんだもの」

「それはまあ……」

と、秋山は口ごもって、「じゃ……。本当にいいのかい？」

「もちろん」

照子の口調にためらいはなかった。

二人が歩き出そうとすると、

「ニャー」

と、猫の鳴き声がして、びっくりした二人は足を止めた。

「猫だな。いやに近くだ」

「ニャー」

いつの間にやら、二人の前に、三毛猫がちょこんと座っている。

「あら、今行って来た片山さんの所にいた猫じゃないかしら。きっとそうよ。ホームズ…

…っていったと思うけど」

「その刑事の飼猫？」

「ええ。——とても面白い猫なの。人間並に扱われていて、むしろ人間よりいばってるのよ」

照子は、かがみ込んで、「ねえ、ホームズ」

と言ったが——。

ホームズの方は、じっと秋山を見上げていた。秋山は、ちょっと目をそらして、

「何だかいやな目つきだ」

と言った。「あっちへ行け！」

「そう？——ね、ホームズちゃん。どうしてこんな所にいるの？　片山さんのアパートからずっとついて来たの？」

ホームズは、じっと秋山を見上げている。どこか鋭い、刺すような視線だった。

「俺を見るな！」

と、秋山は突然怒鳴った。

そして、ホームズをけとばそうとしたのである。しかし、ホームズは素早く飛びのいて、
秋山の足は空《くう》をけっていた。

「やめて！　そんなこと——」

秋山は、ハッと我に返った様子で、

「すまん……」

と言った。

「どうしたの？　ただの猫じゃない」

と、照子は秋山の肩にそっと手をかけた。

「うん……。そうだな」

と、秋山は肯《うなず》いたが、やや青ざめ、緊張が顔をこわばらせていた。

「秋山さん――」

「照子君」

と、秋山は言った。「やはり今夜はいけないよ」

「え？」

「僕のような人間だからこそ、君を大事にするんだってところを、お宅の人たちに見せたい。今夜、いきなり二人で泊って既成事実を作ったりするのは、却《かえ》って事態をこじらせるだけだよ」

照子は、ちょっとすねたように、

「でも……。このまま帰ったら、お母さんやお兄さんに何て言われるか」

「うん。だから、君はどこか友だちの所にでも泊りなさい。僕は安いビジネスホテルでも見付けて泊るから」

照子は微笑んで、

「分ったわ」

と言った。「私のこと、大切に思ってくれてるからなのね」

「そうだ。分ってくれて嬉《うれ》しいよ」

「信じてる」

と、照子は、ちょっと爪先《つまさき》立ちして秋山のひげのざらついた頬にキスした。

「君も、女の友だちの所に泊めてもらうんだぞ」

「当り前でしょ」

と、照子は笑って言った。「――あら、ホームズは？」

三毛猫の姿は、いつの間にか見えなくなっていたのである。

3

片山は、そのホテルを捜し当てるのに、ずいぶん手間取ってしまった。

「これか」

と、息をつく。「やれやれ、それにしても、小さなホテルだな」

「ほとんど個人の家ですね」

と言ったのは石津刑事である。

「うん。ともかく入ろう」

片山と石津は、古ぼけた木の扉を開けて入って行った。

「いらっしゃいませ」

と、フロントに立っている禿《は》げた男がジロッと片山たちを見て、「――ふむ。まともだ」

「まとも？」

「いや、何でも――。お部屋でございますか？」

「ちょっと二階の二〇一号室に用があってね」

片山は警察手帳を見せた。「ここにずっといた？」

「もちろんです」

と、フロントの男は胸を張った。「いっときたりといえども、この場所を離れたりしません！　そもそもこのホテルは、創業以来すでに三十年――」

「PRはいいから。二〇一号室の鍵《かぎ》を貸してくれないか」

「何かあったんですか」

「もしかするとね」

片山は合鍵を借りると、「行こう」

と、石津を促した。

「エレベーターはないんですかね」

「三階までしかないんですよ。それも、一階に二部屋ずつ」

と、フロントの男は肩をすくめて、「階段の方がダイエットになります」

しかし、その男を見ると、あまり効果があったとも思えない。

片山たちは二階へ上り、〈201〉というプレートのついたドアを開けた。

中は、意外に広い。——古いだけに、一つの部屋はゆったりと作られているのだろう。

「——沼井。片山だ」

と、呼んでみる。「沼井。いるのか？」

片山と石津が昼食をとっているとき、沼井定一からの伝言で、このホテルに至急来てほしいと聞かされたのである。

どうもただならぬ様子だと聞いた片山は、石津ともどもここへ駆けつけた。

「沼井——」

と、片山がもう一度呼ぶと、奥のバスルームらしいドアが開いた。

「やあ、すまん」

と、沼井定一がタオルで手を拭《ふ》きながら言った。

「沼井！　何ごとかと思ったぜ」

と、片山は息をついた。「どうしたんだ、一体？」

「うん。どうせなら、お前の方がいいと思ってな。どうせ逮捕されるなら」

「逮捕？　どうして俺がお前を逮捕しなきゃいけないんだ？」

「殺したからさ。秋山浩二を」

と、定一はあっさりと言って、チラッとバスルームの奥の方を振り返った。

片山は、石津と顔を見合せると、バスルームへ入って行った。

古いホテルなので、バスタブは大きい。その中に、スッポリおさまる感じで、秋山浩二がうずくまるように倒れていた。

「やあ、こりゃ……」

と、石津が目を丸くする。「本当だったんですね」

「うん……」

片山は、ぐったりとした秋山の手首を取った。――そして、ふと眉《まゆ》を寄せると、

「おい。まだ生きてる！」

と、声を上げた。「急いで救急車だ！」

「何だって？」

定一がバスルームへ飛び込んで来た。「生きてる？　嘘だ！」

「いや、かすかだが、脈がある。――おい沼井、どうしてこんなことになったんだ？」

「知ってるじゃないか。照子とこいつが――」

「そうじゃない。頭でも打ったのか、それとも薬でも服《の》んだのかと訊《き》いてるんだ！」

「ああ……。そりゃ殺したんだからな、俺が。あの――殴って、倒れたら頭を打って――」

「いい加減だな！　そう簡単に人殺しになれると思ったら大間違いだぞ」

定一は苦笑いして、

「お前も変な刑事だな。俺も妙な殺人犯かもしれないが」

と言った。

石津が駆け戻って来て、

「片山さん、すぐ救急車が来ます」

「よし」

「それと……この子が下に」

入ってきたのは、照子だった。

バスタブの中で倒れている秋山と兄の定一を見て、一瞬ためらったが、すぐに秋山の方へ駆け寄った。

「落ちついて。まだ息がある。救急車が来るから」

片山がそう言うと、照子は、ゆっくりと顔を上げた。

「――本当に？　助かるの？」

「いや、まだ分らないが、少なくとも死んじゃいない」

医者ならぬ身の片山としては、それしか言えない。

「良かったわ……。助かるのね」

と、照子が両手を胸に押し当てる。

これで秋山が死んだら、何だか自分が悪いようになってしまう、と片山は気が気でなかった。

「――俺を逮捕しないのか?」

と、定一が言った。

逮捕を催促する犯人というのも珍しい。

「ともかく、事情を聴くよ」

と、片山は言って、沼井定一を促した。

「お兄さん」

と、照子が呼び止めた。

「うん……」

「風邪ひいてるんでしょ。気を付けて」

片山は、恋人を「殺されかけた」にしては奇妙な照子の発言に首をかしげたが、何も言わなかったのである……。

「色々ご迷惑をかけて」

と、沼井治子は頭を下げた。

「まあ、とりあえず秋山さんは命を取り止めそうですし、逃亡の恐れもないだろうということで」

片山は、定一の肩を叩《たた》いて、「また呼び出すからな」

「ああ……」

と、定一は何となく曖昧《あいまい》に肯《うなず》いて、「片山──」

「何だ」

「照子には──黙っててくれ」

片山は少し間を置いて、

「分った」

と言った。「じゃ、これで」

沼井の家を出て車に戻る。

「どうだった?」

後部席にいるのは妹の晴美である。

「ニャオ」

おっと、ついでにホームズもだ。

「うん。――石津、もうアパートへ帰る。運転してくれ」

「はいはい」

石津の運転する車が、夜の町を駆け抜けて行く。

「照子さんは？」

と、晴美が訊く。

「病院で、秋山浩二の傍についてるよ」

「本当に好きなのね。でも、どうして結婚したい、って言うだけで、定一さんが秋山さんを殺そうとしたりするわけ？」

「それは……色々だ」

「はっきり教えてよ」

「分った」

と、片山はため息をつくと、「しかしな、照子ちゃんには内緒だ。そう頼まれてるからな」

「何を内緒にするの？」

片山は腕組みをして、

「理想の人間なんていない。そりゃ誰だって分ってるんだ。しかし、妹の命の恩人ってことになると……」

「つまり、秋山さんと沼井家の間に、何かあった、ってわけね」

「確かに、秋山は照子ちゃんを救った。ところが、マスコミで取り上げられたりして、沼井の家が、多少金もあるってことが分ると、秋山は金を要求し始めた。――それも初めの内は、ちょっとした食事や飲み代を立てかえてくれという頼みで、沼井家の方では『そんなことなら、こちらでもちましょう』と、当然言ったわけだ。それが次第にエスカレートした。裁判のときに、きちんとした格好をしたいと言っては、二十万以上する高いスーツを買って、その支払いを沼井家に回したり、勝手に買ったものを、支払いだけ黙って沼井家につけたりした」

「へえ。――図々《ずうずう》しいのね」

「いいですね」

と、運転しながら石津が言った。「僕もスーツでも買って、片山さんにつけとこうかな」

「それは無理よ」

と、晴美が苦笑した。「すぐカードが使用できなくなるわ」

「ともかく、一つ一つは断りにくい金額だ。娘を守ってくれた恩人だという気持があるから、払わない、とも言えない」

「でも、そこにつけこむなんて良くないわ」

「もちろんだ。しかし、世間では秋山はヒーロー扱いされていて、助けられた沼井家の方でそれを否定するというわけにもいかない。それに、照子ちゃんには、とてもそんなことは言えなかった」

「そうね。自分を助けてくれた『正義の味方』と信じてるでしょうからね。でも、結婚となったら、そうは言ってられない。そうか、それで定一さんが思い余って――」

「というわけだ」

と、片山は言った。「しかし、どうも妙だ」

「何が？」

「殺そうとした、と沼井は言ってるが、秋山の頭の傷は、そんなにひどいもんじゃないんだ。確かに意識は失ったが、転んでぶつけても、あれくらいのけがをすることはある、と医者は言ってる」

「殺すつもりなら、もっとはっきりした傷が残るくらいにやるはずだってことね」

「そう。大体、何で殴ったかってことも沼井にゃ言えないんだ。あれじゃ起訴もできない」

「でも――やってもいないのに、殺した、って言う人、いる？」

「そこが頭の痛いとこさ」

と、片山はため息をついた。「まだ何か起るような気がするんだ」

「ニャー」

「変なとこで鳴くなよ」

と、片山は渋い顔をした。

「お兄さんに賛成してるんでしょ」

「だからため息をついてるんだよ」

——少々頼りない話だ、と片山自身、思わざるを得なかった。


秋山は目を開けると、ちょっと顔をしかめ、自分がどこにいるのか確かめようとするように、頭をゆっくりと枕の上で左右に動かした。

ベッドの傍の椅子でウトウトしかけていた照子は、気配に目を覚まして、

「あ……。気が付いたのね」

と、頭をブルブルッと振った。「——どう？　気分悪い？」

「君……。ずっといたのか」

「そうよ」

照子は、秋山の方へかがみ込んでそっと額に唇をつけた。「当然でしょ。婚約者なんだから」

「婚約者か……。なあ、照子君」

秋山は、軽く息をついて、「やはり無理だよ。僕はもう四十近い。それに、前科もある。

君の兄さんが怒るのも当然だ」

「私の気持は変らない」

「だが――」

「言ってもむだよ」

と、照子は微笑んだ。「私、頑固なの、こう見えても」

秋山は苦笑して、

「見たところも頑固だよ」

「まあひどい」

照子は笑って、「――何か食べる?」

「ああ……。言われてみりゃ、お腹が空《す》いたかな」

「何がいい? 何でも買って来てあげる」

秋山は窓の方へ目をやった。

「暗いよ」

「夜中ですもの」

「君、疲れてるだろ」

「平気。どこでも眠れるわ」

照子は、急に大人になったように見えた。落ちついていて、自分のしていることを良く分っている大人、という印象を与えた。

「それじゃ、何か弁当でも買って来てくれよ。何でもいい。ご飯が食べたいんだ」

「いいわ」

照子は立ち上って、「すぐ戻るから」

と、足早に出て行った。

ベッドで秋山は、深く息をついた。

病室は薄暗く、静かだった。——個室なので、小さいがひっそりとして落ちつく。

秋山は、街灯の光に揺れる木立ちの影が、窓の薄いカーテンをチラチラとかすめているのを、しばらく眺めていた。

ドアが開いた。

「早かったね」

と、秋山はドアの方へ目を戻したが——。

4

「いなくなった?」

と、片山は訊《き》き返した。「じゃ——病院から出てっちゃったってことかい?」

「そうなんです」

電話口で、照子の声は沈んでいた。「私がちょっと出てた間に。――お願い。お兄さんに訊いて下さい」

「しかし……」

「お兄さんが知らないわけないわ。お願いです。あの人、けがしてるんですもの。どこかへ連れ出されたら、それだけで――」

「分ったよ。じゃ、訊いてみよう」

「お願いします」

照子の声はものがなしい調子に聞こえた。

片山は電話を切ると、沼井の所へ行ってくるよ」

「ちょっと沼井の所へ行ってくるよ」

「いなくなったって……。あの、秋山って人が？」

晴美は風呂《ふろ》上りでパジャマ姿だったが、「私も行こうかしら」

「ニャー」

ホームズが鳴いた。もちろんホームズは風呂上りというわけではない。

「風邪ひくぞ」

「お兄さん一人じゃ、もしものときに頼りないもの」

「もしものときって、何のときだ？」

「だから、もしものときよ」

「ニャー」

片山には、いずれにしろ晴美とホームズ同行で行くことになると分っていたのである。

——早々に仕度をして三人は沼井の家へと向った。

「——もうじきだ」

と、片山が車のスピードを落とすと、

「ニャー」

と、ホームズが鳴いた。

「車、停めろって」

「ここで？　だってもう少しあるぜ」

「ともかく停めて」

「はいはい」

と、片山は肩をすくめた。

車をわきへ寄せて停め、片山たちは車を降りた。

「ここから歩きか。ま、五分くらいのもんだろ」

「行きましょう。ホームズにも何か考えがあるのよ」

夜も大分遅くなっているので、もう辺りは暗い。

「――ホームズ、どうしたの？」

晴美は、ホームズが立ち止ってしまったので振り返って言った。「何かあるの？」

そこは、もうこの辺りにもほとんど残っていない雑木林だった。しかし、柵《さく》がめぐらされ、間もなく家が建つことになるのだろう。

「照子さんが襲われたのも、こんな林の中だったのね」

「そうだろうな」

と、片山は肯《うなず》いた。

「でも――」

晴美は眉《まゆ》を寄せて考え込んだ。

「どうした？」

「秋山さんって人、よく気が付いたわね。照子さんが襲われてることに。今だってこんな暗いのよ。そのころはもっと暗かったでしょ」

「ああ、そうだろうな。でも、きっと助けを呼ぶ声でも聞いたんだろう」

「そうかしら。――照子さんは、秋山さんと犯人が争っているのも見てなかったのよ。半ば気を失ってて、声は上げられないでしょう」

「うん……。ま、その場になってみなきゃ分らないだろ」

と、片山は肩をすくめた。「何か考えがあるのか？」

「何だか……。ねえ、ホームズ」

「ニャー」

ホームズの鳴き声には、どことなく、「もうすんだことだよ」とでも言いたげな感じがあった。

ホームズが先に立って、トコトコと歩き出す。片山たちは慌ててついて行った。

「——この家だ」

と、片山が玄関の方へ行こうとすると、

「ニャン」

と、ホームズが呼び止めた。

「どうした？」

「お兄さん、どうやら、裏へ回れって言ってるみたいよ」

「俺は刑事だぞ。泥棒じゃない」

「変なところで見栄《みえ》はってないで」

晴美に手をぐいっと引張られて、片山は危うく転びそうになった。

——片山たちが足音を忍ばせて裏手の庭へと回って行くと、

「——いい加減にしてくれ！」

と、男の怒鳴る声が聞こえて来た。

「沼井だ」

片山は小声で言って、しゃがみ込むと、そっと覗《のぞ》いてみた。

居間は明るいので、表からもよく見えた。

沼井治子と定一、そして頭に包帯を巻いた秋山がソファにかけているのが見える。

沼井定一が思わず立ち上って、また渋々座り直すのが見えた。

「落ちついて下さいよ」

と、秋山が言った。「無理な要求だとは思いませんがね」

「秋山さん」

と、治子は言った。「私どもも、あなたには本当に感謝しています。照子を救って下さったことに関しては。でも……」

「そのことは別でしょう」

と、秋山が言った。「照子君を助けたのは、まあ言ってみりゃ僕が勝手にしたことです。しかし、照子君を諦《あきら》めてくれ、と言われたら——。これはね、全然別の話です」

「照子は十九だぞ。あんたとは年齢も違い過ぎる」

「分ってます。しかし、男と女のことは、誰にも分らない。違いますか？」

「秋山さん。——もちろん、照子も自分の好きな人を選ぶ権利があるでしょう。でも、あなたの場合は――。たぶん、同情と感謝の気持を、愛情ととり違えているんですわ」

「いくら母親でも、娘さんの心の中までは覗けませんよ」

と、秋山は言い返した。「僕も、照子君のことが好きです。三年たって、女らしく成長した彼女を見たとき、胸がときめきましたよ」

「だが、あんたは――」

と、定一が言いかけて、ためらった。

「分ってますとも。僕にはまだ女房がある。別れるためには見付けなきゃなりません。しかし、必ず捜し出しますよ」

「秋山さん」

と、治子が言った。「はっきりおっしゃって。――いくら出せば、照子を諦めて下さいます？」

しばらくの間、沈黙が続いた。

晴美が、そっと片山をつつく。

「何だ？」

と、片山が小声で訊《き》くと、

「ドアの所」

と、晴美が指さした。

居間のドアが細く開いて、そこから誰かの目が覗いている。

もちろん照子だ。そっと家へ入って来て、話を立ち聞きしているのだろう。

「――金額をお訊きになるんですか」

と、秋山は言った。「今、定一さんが、一文も出さんとおっしゃったばかりですよ」

「何とかします」

と、治子は言った。

「僕が金で買える男だと？」

「そう思っているわけではありませんわ。でも――照子と別れていただいて、あなたにはどこかずっと遠い所で新しい生活を始めていただきたいのです。それに必要なお金を持たせてさしあげようと思っているだけです」

「なるほど」

秋山は、しかし、何も言い出さなかった。相手が話すのを待っている。――お互いに、そうなのだ。

定一が、ふっと息をついて、

「分ったよ」

と言うと、立って行って戸棚の引出しから紙の包みを取り出して来た。

それを秋山の前にポンと投げ出す。

「五百万ある。何とか都合できるのは、これだけだ。——これを持って、どこかへ姿を消してくれ」

秋山はチラッとその包みを見たが、

「あなたはどうなるんです？　僕を殺そうとしたと——」

「どうなっても、あんたには関係ないだろ。こっちのことはこっちで心配する」

と、定一は、言い返して、「さ、どうするんだ」

秋山は、しばらく黙っていたが、

「分りました」

と、その包みを手に取った。

晴美はドアの隙間から、人の姿がスッと消えるのを見た。

ホームズがトットッと玄関先へ戻って行く。

「お兄さん、ここにいて。——私、ホームズについて行く」

と、囁《ささや》くように言った。

「分った」

と、片山は肯いた。

晴美とホームズが、玄関が見える所まで出てくると、ドアがそっと開いて、照子が姿を見せた。

音をたてないように、ドアを静かに閉める。そして、照子は足早に道へと出て行った。

「行くわよ」

晴美はホームズを促し、少し間をあけて照子の後を尾《つ》けて行った。

――片山は、秋山がゆっくりお茶を飲んでから、居間を出て行くのを見た。治子が玄関へ送りに出たが、定一は居間に残っている。

ずっとしゃがみ込んでいた片山は、足がしびれて来て、そろそろと立ち上り、後ずさりしようとしたが、小石につまずいて、

「ワッ!」

と声を上げて転んでしまった。

定一が、声を聞きつけて、

「誰だ?」

と、居間のガラス戸を開けた。

「僕だよ」

と、片山はよろけつつ立ち上った。

「片山か! 何してるんだ?」

「隠れんぼさ」

と、片山は言って、「ともかく上ってもいいか?」

「ああ、もちろん」

靴を脱いで庭から居間へ上ると、片山は、戻って来た治子と顔を合せて、

「片山です」

と挨拶《あいさつ》した。

「はあ……」

治子がキョトンとしている。

片山が照子からの電話でここへ来たことを話すと、

「――そうか」

と、定一は肯《うなず》いて、「しようがない。こうするのが一番良かったんだ」

「しかし、今、照子さんもドアの外で話を聞いてたぜ」

「照子が？　本当か？」

「うん、ドアが細く開いているのが目に入った」

「そうか……」

「あの子――出てったのかしら」

と、治子が腰を浮かすと、

「放っとけよ」

と、定一が言った。「照子にも分っただろう。秋山が金で動く男だってことが」

「しかし、あんまり感心しないぜ」

と、片山は言った。

「分ってる。でも、話したろう？　いくら妹を助けてくれたといっても、ものには限度ってもんがある」

「そうじゃない」

と、片山は首を振って、「俺を証人に仕立て上げないでくれ」

「――何のことだ」

「秘密の話をするのに、それも五百万もの金を渡すなんて場面、人に見られたくないだろうに、カーテンを開けたままにしとくもんか」

定一と治子は顔を見合せた。片山は続けて、「照子さんが、もしかすると庭から覗《のぞ》いてみるかもしれない、と思ったんだろ？　あれはそもそも、照子さんに見せるためのお芝居だ。な、沼井？」

定一が目を伏せた。

秋山は、ふと雑木林の前で足を止めた。

ザッと音がして、木立ちの間から照子が姿を見せる。

「――びっくりしたよ」

と、秋山が小さく笑って、「何してるんだい？」

「あなたを待ってたの」

と、照子は言った。「あなたに助けてもらったのは、こんな雑木林の中だった」

「ああ。——そうだったね」

「だから、何もかもここで……。終りもここで、と思って」

「終り？」

照子が、バッグを投げ捨てた。右手にカミソリが光った。

「やめろ！」

と、秋山が叫ぶ。

何かがバッと宙を飛んで、照子の右手に飛びついた。

「キャッ！」

照子は、カミソリを取り落とした。

「馬鹿なことをするんじゃない！」

と、秋山がカミソリを素早く拾い上げる。

ホームズが、照子を見上げている。

「いけないわ」

と、晴美がやって来た。「自殺するなんて。せっかく三年前に助かった命なのに」

「そうだよ」

と、秋山は言った。「おっと！」

紙包みを落としてしまったのである。秋山が拾い上げるより早く、ホームズがそれに駆け寄ると、爪を立てて、バリバリと破ってしまった。

「――まあ」

晴美はかがみ込んで、「見て。中身……。全部新聞紙だわ」

「え？」

照子が目を丸くする。「じゃあ……」

「秋山さん」

と、晴美は言った。「ちっともびっくりしていませんね」

「いや……」

と、秋山が口ごもっていると、足音がして、片山と沼井が小走りにやって来た。

「お兄さん！」

と、照子が言った。

「大丈夫だったか」

と、片山は息をついて、「こんなことだと思った」

「どういうことなの？」

と、晴美が首を振って、「わざと照子さんに秋山さんがお金を受け取るところを見せて、幻滅させようとしたのね。それは分るけど」

「ニャー」

と、ホームズが定一の足下へ行って見上げる。

「分った……」

と、定一は肩を落として、「本当のことを言わなきゃならないらしいな」

「それが一番いいのさ」

と、片山は定一の肩を軽く叩《たた》いた。

「本当のことって……」

「照子さん。君は半ば気を失っていて、気が付かなかったろうが、君を襲った犯人を殺したのは、お兄さんなんだ」

「何ですって？」

照子は目をみはった。「でも――」

「君の帰りを心配して、途中まで迎えに出たお兄さんは、君が襲われているところへ駆けつけた。――気を付けながら歩いていたから、林の奥の気配にも気付いたんだ」

「でも――」

「お兄さんにしてみれば、大切な妹に乱暴しようとした男だ。許しておけなかった。ナイフを奪い取って、けがをさせたが、それだけではどうしてもおさまらず、怒りに任せて殺してしまった。しかし、我に返ってみると、いくら妹を守るためといっても、とても正当防衛とは認められないだろうと察しがついた。そうだろ?」

　定一は肯いて、

「道へ出たとき、この——秋山さんと出くわしたんだ。少し酔っていて、やけになってた。奥さんの浮気を知って、捨て鉢になってたんだな」

「その場で、身替りになるのを引き受けたんですよ」

　と、秋山が言った。「そのまま帰宅して、女房を殺しかねなかったからね。それくらいなら、この娘さんを助けることにした方がいい、と思った。それに、この人も真面目そうな人だし、同情してね。ま、実際、いざマスコミでヒーロー扱いされると、そうじゃないなんてとても言えなくなってね。ただ、代りに刑務所ってのはやはり辛《つら》かった。あんたの所につい、たかってみたくもなったんだよ」

「じゃあ……私と結婚すると言ったのも?」

　と、照子は言った。

「それは違うでしょ」

　と、晴美は言った。「でなきゃ、こんな新聞紙の『お札』を受け取って見せて、あなたに諦《あきら》めさせようとしたりしないわ」

「兄さんは、本当に君のことが大切なんだよ」

と、秋山は言った。

「いや……。僕が間違ってたのかもしれない」

と、定一は言った。「秋山さんと争ってあのホテルの中でつかみ合いになったんだが——。とても僕なんか勝てるわけがない。しかし、秋山さんはよけてばかりいて……。バスルームで滑って頭をぶつけちまった。本当に死んだのかと思って、三年前の償いを、今度こそするんだと——」

「それで殺人犯か。もう終っちまったことなんだぞ」

と、片山は言った。「秋山さん。——どうします？」

「三年前のことはもう、何も言いません。今さらヒーローじゃなかったと言うより、これからヒーローになればいい」

照子が、秋山の方へ歩み寄って、

「もう今でも、あなたは私のヒーローよ」

と言った。

「照子君。——何年か、待ってくれ。僕がちゃんと過去にふさわしい男になるまで。君もその間に大人になる。もし他の男に心が移ったら、いつでもそう言ってくれ」

「あ、そう」

と、照子はバッグを拾い上げると、「もう一つ持ってるんだから!」

と、カミソリをまた取り出したのである。

「待ってくれ! やめてくれよ!」

「じゃ、もう観念して」

「分ったよ」

と、秋山はため息をついて、「ずっと君に叱られて暮すのかな」

「その方が平和よ」

と、晴美が言って、

「ニャー」

と、ホームズが高らかに鳴いた。

「やっぱり女は強い」

と、片山が言うと、照子はふき出してしまった。

夜道ににぎやかな笑い声が響いて、近所の人が不思議そうに窓から覗《のぞ》いて見ているのだった……。

三毛猫ホームズの殺人協奏曲

1

その日のショパンが、客席にいた評論家によって、

「明る過ぎる」

という批評をこうむったとしても、それは仕方のないことだったろう。

安立《あだち》みすずは、そのリサイタルの数時間前にプロポーズされたばかりだったのである。

「そろそろお願いしま――」

最後の「す」を、マネージャーの八田弥江《はったやえ》は飲み込んでしまった。

楽屋のドアを開けると、もういつでもステージへ出て行ける、ドレス姿のみすずが、男としっかり抱き合って、熱烈なキスの最中だったのである。

「失礼しました」

三十五になるとはいえ独身の八田弥江は、少々顔を赤らめてドアをそのまま閉めようとした。

慌てていたのは男性の方で、みすずから離れようとしたが、みすずの方がしっかり唇を捉《とら》えて離さなかった。そして、ドアを押えているマネージャーの方へ手招きして見せた。

「——入っていいんですか？」

と、弥江はおずおずと中へ入り、ドアを閉めた。「あと五分で……開演です」

みすずは、キスをしたまま肯《うなず》くという、器用な真似をして見せた。

そして、やっと二人が離れたのは、たっぷり三分はたってからのことだった。

「——口紅、大丈夫ですか？」

と、弥江は恐る恐る訊《き》いた。

「落としといたの」

と、ピアニストがちゃっかり答える。

「じゃ、僕はもう——」

「待って」

と、みすずがもう一度キスする。「リサイタル終ったら、ここへ来てね」

「うん」

「あの……」

と、弥江は言った。「席はおありですか？」

「ちゃんと渡してあるわ、チケット。——そうそう。紹介しとくわね。私のマネージャーの八田さん」

「八田弥江です」

と、頭を下げる。

「山崎《やまざき》と申します」

と、その男性は、かなりあがっている様子で一礼した。

「山崎登《のぼる》さん。――私ね、ついさっき、この人と婚約したの」

弥江はみすずの言葉に、大きな目をさらに広げて、

「あらま！　おめでとうございます」

と、笑顔になった。「でも、スケジュール、当分詰ってますよ」

「いいの、ツアーをハネムーンの代りにするから。いいアイデアでしょう？　あ、もう行って！　眠ってもいいからね」

「ちゃんと聴くよ」

と、山崎は苦笑して、「それじゃ、後で」

「休憩時間も顔出してね」

と、みすずが自分でドアまで送って行った。

――安立みすずは二十五歳のクラシックのピアニスト。

十八歳でヨーロッパのコンクールに入賞し、プロの道に入って七年。――小柄で童顔という「少女」の面影を残しながらも、さすがにこのところ成熟した女性の香りを漂わせていた。

「本当に結婚するんですか」

「当り前よ。——さ、口紅つけて、と」

みすずは鏡の前に座った。「一曲目、何を弾くんだっけ」

「呆《あき》れた。ショパンのエチュードです」

「そうか。いきなり結婚行進曲でも弾いて、『この度、婚約いたしました！』ってステージで報告しちゃおうかな」

「アイドル歌手じゃないんですから」

と、弥江はみすずの髪を少し直した。「大丈夫。ドレス、引っかかる所、ありませんか？」

「うん。靴も、やっと慣れたわ」

みすずは立ち上って、「行きましょう」

と、肯いて見せた。

そして、弥江がドアを開けようとすると、

「——ね、今日、お花は？」

と、みすずが言った。

「あ……。まだ来てませんね、そういえば」

「珍しいわね」

みすずの顔から笑みが消えた。「でも、きっと来るわね」

「そうですね」

「客席のどこかに……。ま、いいや。気にしてたら、きりがない」

「ええ。ステージではショパンのことだけ考えて下さい」

「八割はね。どう減らしても、二割は山崎さんのこと、考えちゃうわ」

みすずはドレスをちょっとつまんで裾《すそ》を上げると、弥江の開けたドアを抜けて、ステージの袖《そで》へと進んで行った。


客席のざわめきが聞こえてくる。

「満席ですよ」

と、みすずの所属するM音楽事務所の社長、望月《もちづき》が笑顔で言った。

「一番いい席以外はね」

みすずの言葉に、弥江はふき出しそうになってしまった。

正面中央の一番いい席は、確かに評論家などにとってあるので、結構空席になってしまうことがあるのだ。

望月も苦笑いしている。――クラシックのコンサートで、二千人近いホールを一杯にできる演奏家は多くない。

「佐伯《さえき》さんは？」

と、みすずが弥江に訊く。

「確かこの辺にいらしたと思いますけど……」

みすずの表情が、開演に向って緊張し、徐々に気持もテンションを高めていくのが分る。

もう、開演の七時は過ぎているが、遅れて入って来る客もあるので、五分ほどは待つ。

「——失礼しました」

と、髪を長くした、ツイード姿の男性が袖へやって来た。

「佐伯さん」

と、みすずが言った。「どう、調子？」

「悪くないと思います」

と、佐伯は言った。「ただ、いくぶんタッチが重いかもしれません。できるだけ、いつもの調子に近付けましたが」

「佐伯さんの腕を信じてるわ」

と、みすずは言った。

佐伯進吾《しんご》は、ピアノの調律師である。

ピアノの調律とは微妙なもので、一人一人のピアニストの好む音、タッチをよく知っていなくてはならない。そして、現実にはそのホールにあるピアノを、可能な限り、そのピアニストの好む状態に仕上げるのである。

「ピアノそのものの状態は悪くないですよ、ここは」

と、佐伯は言った。「ただ、あと丸一日あれば……。お望み通りのタッチにできるんですがね」

「仕方ないわ。ぜいたく言えばきりがない」

と、みすずは言って、深呼吸した。「休憩時間にも見てね」

「もちろんです」

と、佐伯が肯く。

プロのピアニストは、たいてい特定の調律師がいて、リサイタルのときは必ず同じ人に頼む。みすずも、デビュー以来、ほぼ一貫して佐伯だった。

「――さ、今だ」

と、望月がみすずを促した。

客席の照明が少し落ちて、場内が静かになる。ステージに登場するタイミングも難しい！

みすずは、ピンと背筋を伸ばし、ステージへ出て行った。拍手が沸き上り、みすずを暖い毛布のように包み込んだ。

グーッ。

——拍手の中でも、その音が片山にははっきりと聞こえた。

「石津さん」

と、晴美が言った。「席、代りましょ」

「え？」

「いいから！　早く代って！」

「よく見えませんか？」

石津が大きな体で、晴美と席を入れ代るのはなかなか簡単ではなかった。

ピアニストは、客席に向って一礼し、拍手が更に盛り上る。おかげで、石津と晴美が席を交替したのも、あまり迷惑がられずにすんだ。

「片山さん、居眠りしてこっちへもたれて来ないで下さいね」

と、石津が呑気《のんき》なことを言っている。

「自分のことを心配しろ」

と、片山義太郎は低い声で言った。「どうして何か食っとかなかったんだ！」

そう。晴美が石津と席を入れ代って、兄と自分の間に石津を入れるようにしたのは、少しでも石津のお腹の鳴る音を周囲に聞かせないための、空しい（？）努力なのだった。

「後で食事するから、ということだったんで、できるだけ空《す》かしとこうと……。大丈夫。

我慢できます」

「お前のことを心配してんじゃない」

と、片山は言ってやった。

片山の膝《ひざ》では、一匹の三毛猫が丸くなって音楽を聴いていた。

――片山は、休憩になったら、石津を引張って行って、サンドイッチでも食べさせてやろうと決心していた。

前半は何分ぐらいかかるのだろう？　その間、石津の腹はおとなしくしているだろうか？


――演奏が始まる。

元気だなあ。

晴美は、弾《はじ》けるようなピアノの音に、思わずそう呟《つぶや》きかけた。

安立みすずは、晴美の「友だちの友だち」という関係で、直接知っているというわけではない。ただ、その友だちから片山が刑事だと聞いた安立みすずが、

「ご相談したいことがあります」

と言って、片山たちを招待してくれたのである。

刑事に相談、というのだから、あまりいい話ではないかもしれないが、ともかく演奏そのものを楽しむには差し支えなかった。

　ショパンは、いかにも手の内に入った演奏で、弾いている当人も楽しそうだ。

　エチュードからの何曲かを続けて弾いて、一旦《いったん》、みすずは立ち上り、拍手に応《こた》えて頭を下げると、ステージの袖にさがった。

　拍手がやまず、みすずがもう一度ステージに出て来た。

「――次はシューマンね」

　と、晴美はプログラムを広げて言った。

「ピアニストもお腹が空いてるんでしょうかね」

　と、石津が言った。

「どうして？」

「だって――『食パン』に『シューマイ』に『弁当』でしょ」

　ショパン、シューマン、ベートーヴェンがそう読める（？）というのは、石津の素直さの表われかもしれなかった……。

「でも、何だかえらく楽しそうに弾いてるじゃないか。なあ、ホームズ」

　片山の膝に丸くなっていた三毛猫のホームズは、大欠伸《おおあくび》をした。

　むろん、音楽が分らないというわけじゃないのである。――当人に訊《き》いてはいないが、まず間違いないだろう。

　あのピアニストが、警視庁捜査一課の刑事に何の相談があるんだ？

片山は、いやな予感がしないでもなかった……。

みすずは視線を感じていた。

演奏に集中しながらも、背中に突き刺さるような視線を感じ、時にはパッと振り向きたいような誘惑すら覚えていた。

ただし、そんなことはできない。そして、気のせいだ、と自分へ言い聞かせる。本当は何もないんだ。何でもないんだ……。

しかし、それはむだな努力だった。

みすず自身がよく知っている。――その「客」が今夜もこのホールのどこかにいるということを。

「熱心なファン」のことを嫌うというのは、筋が通っていない。

だが、みすずのすべてのコンサートに花を贈り、後で必ず演奏への感想を送ってくるというのは、「普通の人間」のできることではない。

みすずのコンサートは、オーケストラと共演しての協奏曲や室内楽も含め、かなりの回数である。それも、東京以外の地方をあちこち回って演奏するのも珍しいことではない。

その「客」は、そういう地方公演にも必ず花をくれる。そして、本当に聴いていないと書けないような感想を送ってくるのだ。

それが二年も続いていた。――嬉《うれ》しいという段階はとっくに通り越して、今は気味が悪い。

そして、熱心なファンというのは、客席の最前列などに座りたがるから、ある程度顔が分ってくる。しかし、いくら最前列に陣取るファンの顔を憶《おぼ》えても、その誰かが地方公演にも来ている、ということはない。

名前も、顔も分らない。そして、男か女かすら、知らないのである。


――シューマンが終った。

みすずは、満場の拍手に包まれて、安心することができた。

矛盾しているようだが、その拍手の中に、問題の「客」のものが混っているとしても、ごく当り前にみすずの音楽に感動し、支持してくれる大多数のファンたちを実感するということはすばらしかった。

――みすずは、無意識に恋人のいる席へ目をやった。

山崎登は力一杯拍手してくれている。演奏中はどうだったのか、客席を眺めるわけにいかないから知らないが、眠っていたわけではないのだろう。

みすずは一旦袖《そで》に入った。

「お疲れさま!」

と、声がした。

「すてきですよ」

と、マネージャーの八田弥江がタオルを渡してくれた。

みすずは、タオルで軽く汗を叩《たた》いて取ると、

「ね、弥江さん。——まだ？」

「ええ、今日はまだ……」

「そう。せめて今日ぐらいは——」

「あ、もう出て下さい」

客席の拍手の波が一向におさまらない。

みすずは水を一杯飲んで、ステージへと出て行った。

これで休憩だ。

左右へにこやかに挨拶《あいさつ》するみすずは、招待席の中に、膝に三毛猫をのせた男性を見付けた。

そうそう……。あの人ね。

そして、あれが三毛猫ホームズだということもみすずには分っていたのである……。

2

「さあ、行きましょ」

と、晴美が腰を上げる。

「いや、実にすばらしい！」

と、石津が感激した様子で、「ベートーヴェンは天才ですね！」

「そう？」

「空《す》きっ腹にこんなに響くなんて！　凄《すご》い！」

どういう感動の仕方だ？　片山は、それでも休憩時間に石津にサンドイッチを食べさせておいて良かった、と思った。

安立みすずのリサイタルはアンコール二曲で終り、客席はもうほとんど、引き上げていた。

晴美が先に立って、出口へ向う他の客とは逆に、楽屋へと足を向ける。

楽屋の前には、みすずに挨拶して行こうという知人や友人、熱心なファンが二十人ほども列を作っている。

「待ってましょ」

と、晴美は傍らで足を止めた。

「大した人気ですね」

と、石津が感心して、「でも、レストランの予約に遅れませんかね」

結局、食べることが心配なのである。

「——片山さんでいらっしゃいますね」

と、声をかけて来たのは、化粧っけのない、逞《たくま》しい感じの女性。

「そうです」

と、晴美が答えて、「マネージャーの、八田さんですね」

「はい。今夜はお忙しいのに申しわけありません」

「いいえ。大勢でやって来て……。これがホームズです」

「ニャー」

と、ホームズが挨拶した。

「今夜は珍しくお花が来てないんです」

と、八田弥江が言った。

「そうですか」

「でも、来ないと、また何か別のことを考えてるかと心配で……。あら、こちら？」

「はい。——安立みすずさんですね。良かった、間に合って！」

フローリストの制服の若者はホッと息をついて、「急にカードを差し替えてくれと言われて、もう出ちゃった後だったんで、大変でした」

立派な花束である。晴美は、八田弥江が受け取りにサインしている間、その花束を持っていた。

「ニャー」

と、ホームズが床へ下りて、落ちていたものをくわえる。

「あら、カード？　落っこちたのかしら」

晴美が拾い上げて、「この花のこと、みすずさんには……」

「さあ……。どうせ分ることですし」

話していると、客を待たせて、安立みすず当人がやって来た。

「片山さんですね！　おいでいただけて嬉しいわ」

小柄ながら、辺りをパッと照らし出すような明るさがある。

「弥江さん、片山さんたちと先にレストランへ行ってて。私、山崎さんと後から行く」

と言って、みすずは花束に気付いて、「――もしかして、それ？」

「たぶん」

「来ないわけがないと思ったのよね」

と、ため息をついて、「カード、ある？」

カードを開いて中を読んだみすずは、サッと青ざめ、一瞬よろけた。

「みすずさん！」

「大丈夫……。何ともないわ。大丈夫よ」

みすずは、何とか立ち直ると、「待っている人がいるから――」

と行きかける。

「待って下さい」

と、片山が言った。「そのカードに何かあるようなら、調べてみます」

片山がハンカチを出して、その上にカードをのせてもらい、そっと開いた。

〈ご婚約おめでとうございます
――ファンより〉

「ワープロか」

と、片山は首を振って、「婚約なさってるんですね」

「それがふしぎですの」

と、みすずが行ってしまったので、マネージャーの弥江が代って答えた。

「どういうことです？」

「婚約と、はっきり書いてあるからです。相手は今、ドアのわきに立っている人で、山崎さんとおっしゃるんです」

「婚約者の方がどうかしたんですか?」

「お二人が婚約したのは、今日の夕方なんです」

と、弥江は言った。「どうしてこの人が、みすずさんと山崎さんの婚約を知ってるんでしょう?」

なるほど。――安立みすずが青ざめたのも分る。

「まあ、そう深く考えなくても」

と、晴美は言った。「婚約は今日でも、お二人はずっと付合っておられたんでしょ?

それなら、仲のいいのを知って、たまたま『婚約』と書いたのかもしれませんわ」

「そうですね」

弥江は少しホッとした様子で、「みすずさんにもそうおっしゃってあげて下さい」

「石津」

と、片山が言った。「今の花を持って来たフローリストの男、まだいたら、呼んで来い」

「分りました」

石津が駆け出していく。

「――待ちましょう」

と、片山は、ファンの列を眺めて、「こんな手紙が来てるんです。万一ということも考
えないと」

「あ、でも……。他の方もいらっしゃるんで、そうお伝えして来ます」

「他の方？」

「はい。うちの事務所の社長、望月と、ピアノの調律をいつも頼んでいる佐伯さんです」


「——少し冷えすぎだな」

と、佐伯が白ワインを一口飲んで言った。「あと二、三度高めの温度でないと」

「細かいのね」

と、みすずが笑って、「——この音は？」

テーブルに置いたワイングラスのふちを軽く指で弾《はじ》く。

「Fのシャープ」

と、佐伯が言った。「あなたには少し高めです」

フランス料理のレストランは、もう真夜中近かったが、にぎわっていた。

「ま、ともかくおめでとう」

と、望月がグラスを上げる。

「社長さん、もうさっきから三回めですよ」

と、八田弥江が文句を言った。「アルコールが過ぎると、明日《あした》に響きます」

「婚約は影響ない？」

と、山崎が訊《き》いたので、みんなが笑った。

「――好影響よ」

と、みすずが微笑んで、「精神安定剤だわ」

「いつも安定してるようだがね」

望月の言葉に、みすずはため息をついた。

「いつも、そう見られる。――損ね、私って！」

「とても神経質なところもあるんですよ」

と、弥江が言った。「きちんとしておかないと落ちつかない。部屋の時計が狂ってるとか、迎えの車が五分遅れたりとか……。そういうことがあると、凄《すご》く苛々《いらいら》なさるんです」

「分ります。僕の空腹のときと同じですね」

石津が言ったが、小声なので、隣の晴美にしか聞こえなかった。

「――しかし、刑事さんにわざわざおいでいただくとは」

と、望月は困り顔で、「用心してくれよ、八田君。これはこれで、マスコミがかぎつけたら、記事になりかねん」

「はい。でも、みすずさんの心の安定が第一ですから」

「それは分るが……」

「今までに何か具体的な災難にあいましたか」

と、晴美は訊いた。

「いいえ。一つ一つは、危険なことじゃないんです」

と、みすずが言った。

「たとえば？」

と、片山が促す。

「三か月ほど前ですけど、私、一日おきぐらいに、住んでいるマンションの周囲をジョギングするんです。といっても、ほんの二、三十分ですけど」

「ニャー」

ホームズが合いの手（？）を入れる。

ホームズは晴美の膝《ひざ》の上にスッポリとおさまって話を聞いていた。

「普通の方は朝早くとかにやられるんでしょうけど、私は夜型なので、夜中に走っています。——あの晩、車道を渡ろうとしたとき、信号を無視して走って来た車が目の前をかすめて、私、びっくりして尻《しり》もちついちゃったんです」

「危ないんですよ」

と、弥江が眉《まゆ》をひそめて、「やるときは私がついて行くから、って言うんですけど」

「子供じゃあるまいし」

「子供じゃないから危ないんですよ」

とは、弥江の言い分がもっともだろう。

「ともかく、びっくりしましたけど、別にけがもせずに帰りました。——その翌日、コンサートがあって、また例によってお花が来ていたんですけど、そのカードに、〈ゆうべは危なかったですね。どうか充分に気を付けて下さい〉とあったんです」

片山は肯《うなず》いた。

みすず自身が話さなければ、誰にも知れることのない出来事である。

「確かに私のことを心配してくれてはいるんでしょうけど、でも気味が悪いんです。一体どこで私のことを見てるのかと思って」

みすずの不安も、理由のないことではない。

今、「ファン」というものも、一歩間違えると危険な存在になる。

「いいさ」

と、山崎が言った。「今度から僕が一緒に走る」

「あなただって仕事があるじゃないの」

と、みすずが笑って、「大丈夫。この名刑事さんが何とかして下さるわ」

何とかして下さる、か……。

片山としては、いささか気が重い。

安立みすずが何か具体的に被害を受ければともかく、何も起きない間に動くことは難しい。

「ともかく、やれることはやります。花屋の方からたぐってみましょう。——しかし、今は花の注文も色々な方法があるのでね」

「お願いします。ご厄介かけて、申しわけないとは思っているんですけど」

「いやいや、そんなことは——」

と、片山が慌てて言いかけると、

「あら、電話。——失礼します」

みすずが、バッグから携帯電話を取り出して、席を立った。

「——お母様かしら」

と、弥江が言った。「山崎さん以外に、あの番号を知っている人はいないと思います」

山崎が、少し意外そうに、

「母親のことだけど……、電話できるくらい元気なんですか？」

と訊く。

「さあ……」

「さあ、って？」

「みすずの母親もピアニストでしてね」

と、望月が言った。「私がマネージメントを手がけていたので、よく憶《おぼ》えている。ともかくピリピリと神経質な人だった」

晴美がふと、

「過去形でおっしゃいましたね」

「あれの母親は筋肉の病気で、ピアノが弾けなくなった。気の強い人だっただけに、人一倍辛《つら》かったろう」

と、望月が首を振って、「佐伯さん、調律をやったことがありますね、あの母親の?」

「いや、私はやっていません。——幸《かい》いね」

「というと?」

と、山崎が言った。

「いや、大変だということでは有名な人でした。キーのタッチやペダリングも、なかなか納得しない。調律師の方も、一流ならプライドがありますからね。よく喧嘩《けんか》して引き上げてしまったりしたそうです」

「何でも、プロというのは大変なものですね」

と、晴美が言って、少しその場の空気が和んだ。

みすずがいない間に、彼女の母親のことをとやかく言うのはためらわれたのだ。

少ししてみすずが戻って来た。表情が少しふさいでいる。

「何かあったの?」

と、山崎が訊く。

「いえ、いつものグチ……。でも——ごめんなさい。おさまらないから、これからすぐ行くって言っちゃったの。みなさん、ゆっくり食事してらして」

「送るよ」

と、山崎が立ち上った。

「いえ、いいの。本当に大丈夫。一人で帰れるわ」

と、みすずは強い口調で言った。

それは、片山の耳には、「来るな」と命じているように聞こえた。

「夜、電話して」

みすずは山崎の方へ歩み寄ると、頰にキスして、「弥江さん、お願いね、後は」

「はい」

「それじゃ、片山さん、失礼します」

みすずは会釈して行ってしまった。

何となくテーブルは静かになっていたが、やがて、フーッと大きな息をついて、

「旨《うま》い」

と、石津が言って、軽く笑いが起きた。

「——みすずさんのお母さんは、誰とも会いたがらないんです」

と、弥江が言った。「でも、みすずさんにとって、唯一の肉親ですし。色々、小さいころから大喧嘩をくり返していたようですけど、やっぱり母親を放っておけないんですわ」

「気持は分るが、僕は婚約者ですよ」

と、山崎は言った。「いくら向うが会いたくないと言っても、強引に会うぞ」

と、宣言する。

そこへ、レストランのマネージャーがやって来た。

「山崎様……」

「僕です」

「お電話が入っております」

「僕に？」

「はい。お母様からでございます」

山崎は、なぜか慌てた様子で、

「ちょっと——失礼します。すぐ戻ります！」

と、席を立って行った。

片山は、山崎の後ろ姿を見送っていたが、

「山崎さんのお仕事は？」

と訊《き》いた。

「食品会社の社長です」

と、望月が言った。「父親が創業した会社の二代目社長で。でなきゃ、彼女のコンサートにそう年中来られませんよ」

「なるほど」

片山は、晴美の膝《ひざ》からホームズがスルリと下りて、山崎が行った方へと小走りについて行くのを見た。

晴美が、ナプキンをたたんで、

「ちょっと失礼します」

と、席を立った。

石津は一人で感心し、

「食品会社ですか！　それなら食べるのに困りませんね」

と、言っていた……。

3

「そこで停めて」

と、みすずは言った。

車は、そのまま走り続けていた。

「お願い。停めて」

と、くり返し、助手席の側のドアをいきなり開けた。

キッとブレーキが鳴って、車が急停止する。

「――無茶するなよ！」

「あなたが停めてくれないからでしょ」

少しの間、沈黙があった。

「分ったよ」

と、男は言った。「スポンサーと結婚するか。いいじゃないか。リサイタルの度にチケットの売れ行きを気にすることもない」

「何のこと？」

「社員が何人いるんだ？　全員に行かせりゃ、いつも満席だな」

みすずは、シートベルトを外して、車から出た。

「待てよ。――悪かった。謝る。戻れよ。こんな所で降りてどうするんだ」

男は、クラシック音楽のファンなら、たいていは顔を知っているヴァイオリニストである。――柳井修介《やないしゅうすけ》、二十八歳。

「放っといて」

と、みすずは言った。

「そうむくれるなよ」

と、柳井はため息をついて、「本当なら、むくれるのは僕の方だ。それを君は、自分が被害者のように思わせる。そういう点、天才だからな、君は」

「行ってよ。私、タクシーでも拾うわ」

「夜中だぜ。しかもこんな海岸通りで。――恋人たちの車は通るだろうがね」

「私のことは気にしないで。行って」

と、みすずはくり返した。

「そうか。じゃ、そうするよ」

と、柳井は肩をすくめて、「何なら泳いで帰るかい?」

と笑うと、車をスタートさせた。

たちまち車の尾灯が夜の中へ消えると、みすずはフッと息を吐いた。

確かに、海岸沿いのこの道は潮風が吹きつけて来て、寒い。――もっと厚手のコートでもはおって来るんだった。

でも、まさかこんな所で車を降りるはめになろうとは……。

車は通る。しかし、ヒッチハイカーではなし、みすずは「お願いして乗せてもらう」というのは気が進まなかった。

歩こう。歩いてどこまで行けるものやら分らないが、歩けるだけは歩こう。

これまでだって、一人でやって来たのだ。

——柳井との間は、この一年ほどのことである。もともとプレイボーイとして知られる男であり、妻子もいる。結婚など初めから問題にならなかったはずだ。

それでいて、山崎と結婚しようとするみすずに腹を立てる。自分が捨てるのなら構わなくても、女の方が自分を捨てるのはプライドが許さないのだろう。

「勝手な奴」

と、みすずは呟《つぶや》いて、それから派手にクシャミをした。

このままじゃ風邪をひいてしまう。といって——。

車がみすずを追い越していく。停ってもらおうにも、合図を送っている余裕もない。

ポツ、ポツ。——細かい雨が頬に当った。

雨！　びしょ濡《ぬ》れになってしまう。

何しろみすずはロングドレスである。ハイヒールも、長く歩くのに向いているとは言えない。

パーティの帰り道で、柳井に打ち明けたのが間違いだった。せめて、もっと家に近付いてからなら……。

本降りになったら、何とも悲惨なことになってしまう。どうしよう？

ゴーッと地響きのような唸《うな》り声が近付いて来て、振り向くと、大型トラックが揺がすような重みを引きずって、みすずの傍を駆け抜ける。

下手すると、風に巻き込まれそうだ。

見上げるようなトラックは、いささかすれすれの所で、みすずを追い抜いていく。その圧倒的な重量感に、みすずは呆気《あつけ》にとられていた。

すると――その大きなトラックが、数十メートル行った所で停った。シューッという音と共にブレーキがかかり、停止したのである。

そして、なぜかバックして来た。みすずは慌ててよけようとしたのだが、その必要はなくて、

「おい」

窓から顔を出した男が、みすずに向って声をかけた。

「――何ですか」

と、みすずは訊いた。

「歩きかい？　ちっと寒そうだぜ」

「そうですね」

「もし、乗って行くんならと思ってさ。余計なお世話というのなら忘れてくれ」

停めてくれと頼みもしないのに。珍しいと言えば確かにそうだ。

正直、運転手と二人になるということにためらいがあった。この寒さの中を、あと何時間も歩くのも辛《つら》い。

「じゃ、お世話になります」

と、みすずは素直に言った。

助手席に腰をおろすと、意外なほどゆったりしている。——考えてみれば、この状態で十何時間も走り続けたりするのだ。ゆったりしていなくては堪えられまい。

「——どこまで行くんだ？」

「どこでも、電車の駅の近くでしたら」

「もう電車がなくなる時間だよ。ルートからそうひどく離れていなけりゃ、送ってってやるよ」

三十代の半ばくらいだろうか。大きなハンドルにふさわしく逞《たくま》しい腕と大きな手。

だが、みすずは正直なところ、この男が何か下心があって自分を誘ったのではないかという疑念を捨て切れずにいる。

自分の家まで送ってくれたとしても、家を知られて面倒なことになっても困る。

「——ま、急いで決めることもないさ」

と、男は言って、「音楽でも聴くか」

「いえ、本当に——」

演歌でも聴かされるのかと思った。

ところが、カセットが回り始めると、聞こえて来たのは、何とベートーヴェンのピアノ協奏曲！

びっくりしたのが顔に出てしまったようで、

「演歌でも聴かされるかと思ったんだろ？」

ズバリと言い当てられ、みすずはいささかきまりが悪かった。

「あんた、安立みすずさんだろ、ピアニストの」

「ええ。――ご存知？」

「もちろん、だからって停ったわけじゃないよ。――どうしたんだい、一体？」

気さくな、爽《さわ》やかな言い方である。みすずは、この男に下心があるのでは、と疑ったことを恥じた。

「ちょっと、男と喧嘩《けんか》して。車から降りちゃったんです。先のことも考えないで。単純だから困るわ、本当に」

と、照れ笑い。

「いや、そういうところが芸術家らしくていいね」

雨は本降りになり、大きなワイパーがせっせとフロントガラスを拭《ふ》いている。

もしあのまま雨の中を歩いていたらどうなったか、考えただけでゾッとする。

「——若い内はいいね。喧嘩も若い内は楽しみみたいなもんだ」

「私、もうそんなに若くありません」

と、みすずは言った。「二十五ですよ、もう」

「ふーん」

と、男はハンドルをまるで自分の体につながってでもいるように握りながら、

「じゃ、俺と同じか」

これにはみすずもびっくりした。

「え？　——二十五なんですか？」

「いや。三十四だ」

「何だ……。びっくりした！　九つも違うじゃないですか」

「なあに、四捨五入すれば同じだ」

「四捨五入？」

「あんたは三十。俺も三十。な？　同じだろ？」

「そんな……。そんな四捨五入なんて、聞いたことないわ」

みすずは、何だか楽しくなって笑ってしまった。

「いいじゃないか。年齢なんていい加減なもんさ。誕生日は忘れなくても、年齢《とし》は忘れるってのがエチケットだそうだぜ」

私だって——気にしてるわけじゃない。でも、いつもプログラムのプロフィール欄に、生年は書いていない。

習慣のようになっているが、どうして書かないのだろう？　男性の場合はたいていてい書いてあるのに。

そんなこと、考えたこともなかった。

「——どうするね？」

「あ……。じゃ、家まで送って下さいます？」

「ＯＫ。大体どの辺か教えてくれ。後は眠ってても構わないよ」

と、男は言って、「後ろにベッドもついてる」

「いいえ、眠くないわ。この演奏を聴いていたい」

男は笑った。——みすずが聞いたことのない笑いだった。


「ありがとう」

と、みすずは歩道橋に立って手を振った。

男が小さく肯《うなず》くと、そのまま巨大なトラックは走り去った。

あの運転手の名前さえ聞かなかった。そして、それが自然に思える出会いだった。

トラックが見えなくなるまで見送って、みすずは、家の中へと入った。

どこかほのぼのと暖かいものが、胸の中に燃えている。それは、妙なことだが、あのトラックの助手席に座っていたせいでもあった。

普通の車より、運転席がずっと高いあのトラックに乗っていると、外の世界はまるで違って見えた。

自分が鳥になったか、あるいは天使のように羽根でも生えて地上すれすれを飛んでいるような、とでも言おうか。ともかく、それはふしぎな感覚だった。

「高い座席」から世間を見る、という体験。そして、二十五歳のみすずと三十四歳の自分を「四捨五入して一緒にしてしまう」あの発想は、みすずにとっても新鮮だったのだ。

正確でなくてもいい。大まかでいい。

人生には、そんなこともあるのだ。

「どこかいい加減でなきゃ、生きちゃいけないよ」

と、あの男は笑って言った。

正確に！　正確に！

テンポが違うでしょ！　何てペダルの使い方なの！

「正しいやり方は一つしかないのよ！」

もっときちんと！　——みすず、ちゃんと間違えずに弾いて！

正しく！　正しく！　正しく！

階段の下に立って、二階の暗がりを見上げていると、みすずの中の軽やかな気分はたちまちどこかへ吹き散らされてしまった。

みすず！　こんな時間まで、何をしてたの！

母の叱声《しっせい》が聞こえてくるようだ。

みすずは、階下で寝てしまおうかと思った。もう母は眠っているだろう。わざわざ起して怒られる必要もあるまい。

そうだ。居間のソファで寝よう。そうすれば、せめて明日《あした》までは叱られずにすむ……。

みすずは、そのまま居間へ入ろうとした。そのとき、

「みすず！」

という母の鋭い声が――。

足が止まる。――本当に聞こえたのかしら？

聞きたくない、と思っているので、却《かえ》って聞こえたような気がしたのかもしれない。

「みすず！　上っておいで！」

みすずには分らなかった。それが現実の声なのかどうか。

しかし、一つだけ分っていたこと。それは、自分が二階へ行かなくてはならないということだった。

みすずは、重い足どりで、ゆっくりと二階の暗がりへと階段を上って行った……。

ジーッ。カタカタ……。

機械的な音というものは、さほどうるさくなくても、耳につく。

片山も、枕から頭を上げて、

「何だ……」

と、呟《つぶや》いていた。

何の音かは分っている。最近、片山のアパートにはファックスというものが入ったのである。

もっとも、電話と兼用の機種ではあるが、やはりあって便利なこともあった。

セットして一番初めに入って来たファックスは、捜査一課長、栗原《くりはら》の、

〈どうだ？　ちゃんと読めるか？〉

という、全く意味のないものだったが。

片山は、時計を見た。――朝の六時？

こんな時間に、どこからだ？

片山は、欠伸《あくび》しながら起き出して行って、明りを点《つ》けた。ロール紙がピッと切れる音がして、通信のプリントが出て来た。

〈片山義太郎様

あなたには刑事として、安立みすずさんを守る義務があります。それなのに、みすずさんは昨夜、デートした相手から道に置き去りにされたのです。

ひどい仕打ちではありませんか。

相手はヴァイオリニストの柳井修介です。

あんな男には、生きている値打がありません。

きっと、あなたも同意して下さることと信じています。

安立みすずのファン〉

ワープロで打った文字。

これは、例の「ファン」からだろうか？

それにしても——もし、本当にここに書かれたことが起ってしまったのだったら……。

しかし、手紙では「昨夜」のことだとしている。それが事実としても、ゆうべのことを朝六時に知らせてくるだろうか……。

「どうかしたの？」

晴美がやはり起き出して来て、

「今、これが」

と、片山がそのファックスを見せると、

「ヴァイオリニストの柳井……。ね、お兄さん。これって、結構危いかも」

「そう思うか？」

片山はがっかりして、「俺もそう思う」

「じゃ、何か手を打たないと！」

「分った。こんな時間にファックスしてくるなんて、大体まともじゃない！」

起されてむかついているのである。

「それだけじゃないわよ」

「何だい？」

「お兄さんあてでしょ、このファックス。どうしてお兄さんのことを知ってるの？　うちにファックスがあることまで知ってるの？」

片山も、やっと眠気がふっとんでしまった。急いで電話へ手を伸したが、

「――どこへかけりゃいいんだ？」

「みすずさんにかけて訊《き》くしかないんじゃない？」

「あ、そうか」

やはり、始動には多少時間がかかる様子である。

「ニャー」

ホームズも、何の騒ぎかと、眠い目をこすりながら（本当にこすっているわけじゃないが）やって来て鳴いた。

しかし、片山が聞いていた安立みすずの電話番号へかけても、留守電になってしまっている。

「あのマネージャーさんだわ！　何ていったっけ、八田……弥江さん。あの人なら連絡つくわ、きっと」

「そうか！」

晴美の狙いは当って、少し呼び出しに長くかかったが、ともかく八田弥江が、「たった今起された」という声で電話に出たのである。

「もいもい……」

「もし」が「もい」になってしまっている。

それでも片山がファックスのことを話し、柳井という男が無事かどうか心配だと告げると、すっかり目を覚まし、

「自宅へ連絡してみます！」

と答えたときは、完全にいつもの調子に戻っていた。

「もし必要ならパトカーを行かせますよ」

「ええ。でも――自宅で連絡とれればいいんですけど」

「いないんですか、いつも？」

「たいてい毎晩違う女の子と外に泊って、家には週に一度しか帰らない、という評判の人

です」

片山は絶句した……。

4

「凄《すご》く爽《さわ》やか！」

安立みすずは、居間へ入ってくるなり、大きな声でそう言って、片山を飛び上らせた。

一緒にいた八田弥江は、もう慣れているので、それくらいのことではびっくりしなかった。

「早く起してすみません」

と、弥江が言った。「片山さんも申しわけないとおっしゃってるんですが、やはりお仕事ですので……」

「いいのよ！　とても爽やかな気分なの。そう言ったでしょ？」

実際、みすずは今にも踊り出しそうに見えた。

早いといっても、午前十一時。ただ、みすずにとって、画期的早起きだということは確かなのだろう。

「——ああ、こんなに気持のいい朝って、久しぶり！」

と、伸びをして、「それで……。何のご用？」

「ゆうべ……柳井修介さんとお会いになりましたか」

「まあ」

と、みすずは目を丸くして、「よくご存知ね！　どこの週刊誌に出てました？」

「ゆうべのことは週刊誌に間に合いません、新聞でも、たぶん無理でしょう」

「ええ、それほど有名じゃありませんからね」

「いや、そういう意味じゃないのです。つまり——」

「じゃ、TVで？　クラシックの演奏家が何してたって、TVじゃ騒ぎませんけどね」

「一人だけは知っていたんです。あなたが、柳井さんの車から降りてしまって、置いていかれたことも」

　みすずの顔から、笑みが消えた。

「——そう。またあのファンね」

「ええ。しかも僕の所へファックスを」

片山がファックスを見せると、みすずは小さく首を振って、

「分りません。——誰にも話していないのに！」

「どんな様子だったんですか？」

「ええ……」

ソファに腰をおろすと、みすずは、柳井の車から降りてしまったこと、長距離トラックに乗せてもらい、ここへ帰ったことを説明した。

「そのトラックがどこの会社のだったか、思い出せません。運転手さんも、名前も聞かなかったし……」

「それは、捜せば見付かるでしょう。会えば分りますか」

「ええ、もちろん！　とてもすてきな人でしたわ」

と、みすずは言った。「でも、これを読むと柳井君が狙われそうですね。気を付けるように言わないと――」

「実は、今朝、マンションの駐車場で殺されているのが見付かったんです」

と、片山は言った。

「まあ」

みすずはポカンとしていたが、「私……私が殺したようなものね」

「違いますよ！　しっかりして下さい」

と、弥江が大きな声で言って、みすずの肩を、痛いと思えるほどの強さで叩《たた》いた。

一種のショック療法である。

「今日、コンサートがあるんですよ！　分ってますね！」

「ええ……。でも、もし私が逮捕されたら、誰か代りのピアニストを――」

「逮捕しにみえたんじゃありませんよ、片山さんは」

と、弥江は強調した。

「分ってるわ。分ってるけど……」

みすずは、ショックが遅れてやって来た様子で、「あの——母に話して来ます。母と相談して——」

「一緒に行きましょうか」

と、弥江が訊くと、

「いいえ!」

と、強く拒んで、「知ってるでしょ。母は誰にも会いたがらないの。私——私、ちゃんとやれるから大丈夫。コンサートはキャンセルしません。母にそう言われてるんだから」

「ええ、分ってますよ」

「佐伯さんに言っといてね。この間のピアノは少し疲れてたって。今夜はコンチェルトでしょ? バリバリ弾いても大丈夫なように、調律しておいて下さいって」

「分りました。必ず伝えます」

と、弥江は居間の戸口までみすずを送って、

「三時にはリハーサルですよ!」

と、念を押してから、「——片山さん。私、ずっとここにいますから」

「そうですか」

片山は立ち上った。「やれやれ。——フローリストの方でも手がかりがつかめないんでね」

「直接注文してるわけじゃないんですか」

「ファックスやワープロで打った手紙での注文でね。お金さえ入れば店の方は構わないわけですから」

「でも——人殺しとなると……」

「もちろんです。しかし、柳井がそんなに女性にもてる男だったら、色々恨みを買っていたでしょう。このファックスと関係ない犯人ということも考えられる。両面で捜査していきます」

片山は、玄関へ出ると、階段の方へ目をやって、「——みすずさんの母親は、ずっと寝たきりなんですか？」

「そのようです」

と、弥江は肯《うなず》いて、「でも、私も実際にお目にかかったことはないんですの。みすずさんの担当になったころは、もうこういう状態でしたから」

片山は、ちょっと首をかしげた。

——もちろん、人嫌いになった、ということはあるだろう。けれども、寝たきりというのなら、その世話をする人間が必要になるはずだ。

みすずのように、年中コンサートで出歩いている人間に、世話はできないだろうし。

一体どうしているのだろう？


駐車場は、いやに騒がしかった。

何といっても殺人現場である。もう柳井の死体は運び出されていたが、鑑識班が忙しくあちこちを調べて回っていた。

「あ、片山さん」

と、石津が見付けてやって来た。

「何か分ったか？」

「いえ、何しろ早朝のことだったようで、目撃者はなかなか出そうにありません」

「そうか……。発見者は？」

「ここの管理人です」

「話してみよう。——今、いるか？」

と、片山が言うと、

「ニャー」

と、ホームズの声が響いた。

「何だ、来てたのか」

晴美とホームズがやって来た。

「今来たのよ。安立みすずさんに会った?」

「ああ。あのファックスの通りだったらしい。かなりショックを受けてたよ」

「それじゃ、柳井って人も結構ひどいもんね」

「ニャー」

と、ホームズも同感の様子。

「片山さん。管理人の野田《のだ》さんです」

と、石津が連れて来たのは、大分髪の白くなった、六十くらいの男で、いささかくたびれた感じを与えるのは、ヨレヨレの作業服のせいかもしれない。

「――死体を見つけたのは、あなたですね」

「まあね」

と、野田はあまり興奮している風でもない。

「朝七時半にゃここへ来てるんだ。朝刊をきちんと各部屋のポストへ入れとかないと、うるさい人もいるんでね」

「七時半に来て、すぐ見付けた?」

「そう。第一の仕事が、夜中に勝手に停めてった奴がいないか見ることだから、ここへ下りて来てね」

「地階の駐車場に、勝手に駐車する人がいるんですか」

「いるんだ、それが。夜遅く帰って、朝早く出勤していく人はね、時々マンションの駐車場へ入れてっちまう」

と、野田は肩をすくめ、「図々《ずうずう》しい奴がいるんだ、本当に」

「それで、見回ってるときに柳井さんが車の傍で倒れてるのを見付けたんですね」

「うん。血が飛び散って……。いやな光景だったね」

と、野田は顔をしかめた。

「ゆうべは何時ごろ出たんですか？」

「いつも通り、夜の七時さ。それ以上は残ってないよ。手当も出ないのにね」

「最近、柳井さんと争っているような相手を知りませんか」

「あの人は年中争ってたね」

「そんなに、ですか」

「うん。特に女とはね」

と、野田は笑って、「もちろん、争ってるだけじゃない。遊んでるときもあったがね。

——ここで」

「遊んでた？」

「ああ。びっくりしたよ。朝出て来たら、車の中で、シートの背を倒して寝てたよ。女と二人。――ま、ほとんど裸でね」

自宅のあるマンションの駐車場で？　片山はびっくりした。

「しかし、最近は一人で寝てることの方が多かったね」

と、野田が言ったので、片山は思わず、

「一人で？」

と訊《き》き返した。「一人で車の中で寝てたんですか？」

「うん」

「でも、自分の部屋へ帰って寝ればいいじゃないですか」

「そこが、芸術家って奴の変ったところだね」

と、野田は言った。「夜、帰宅するなんて恥だって言うんだ。朝帰りが当り前、夜、まともな時間に帰るのは、自分がもてないって宣伝してるようなもんだと言ってね」

「じゃあ……女と泊ったように見せるために、わざわざ車の中で寝てたんですか？」

「そういうことだね」

確かに、変っていると言わざるを得ない。

「見栄《みえ》っ張りだったのね」

と、晴美が言った。「男って、仕方ないわね」

「僕はそんなことはありません」

と、石津が力強く言った。

「でも……本当にあの『ファン』がやったのかしら？」

と、晴美が言う。

「さあ……。いくらファンでも、そこまでやるかな。もちろん、可能性としてはあり得るけど」

「ニャー」

と、ホームズが鳴いた。

「――何だ？」

ホームズが左の前肢《まえあし》を持ち上げて見下ろした。ちょうど、腕時計を見ている感じである。

「時計？　――時間ってことか」

と、片山は考え込んで、「死亡推定時刻が午前五時ごろ……。柳井が安立みすずを車から降ろして帰っちまったのが、午前一時過ぎ……。ということは、柳井が殺されるまで、大分時間があったってことになる」

「その間、何してたのか、ってことね」

「ここで、一人で寝てたのか、それとも、どこか他の所へ寄っていたのか」

「寝てたわけじゃないと思うわ」

と、晴美が言った。

「どうして？」

「車の中で寝るって、どうしても窮屈でしょ？　柳井さんのズボンや上着、あまりしわがなかったわ」

「本当か？」

「少なくとも、目立つほどのしわはなかったと思うの。しわになってれば思い出すだろうし……」

「すると、柳井はどこかに寄ってたのかもしれないってことか。どこかの——女の所に？」

「大いにあり得るわね。みすずさんに振られて、なじみの女の所へ。——よくあるパターンだわ」

と、晴美は言った。

「じゃ、柳井がどんな女と付合っていたか、当ってみよう」

片山は手帳を出して、「柳井のポケットの物は？」

「あそこにまとめてあります」

と、石津が言った。

「手帳のような物が入っていたら、見せてくれ」

片山は、石津が戻るまでの間、車の中を捜した。

「――手帳はありません」

と、石津が戻って来た。

「こっちもだ」

片山は、車から出ると、「柳井のマネージャーに当って、最近、柳井が誰と親しくしていたか訊くんだ」

「分りました」

「でも、『ファン』がやったとして、次に何をするかしら」

「さあ……。ともかく、安立みすずの安全を第一に――」

「ニャー」

と、ホームズが鳴いた。

「何だよ？」

「ホームズが言いたいのは……。そうよね、きっと？」

「何を考えてるんだ？」

「ね、この『ファン』は、安立みすずを置き去りにしたっていうだけで、柳井さんを殺したわ。ということは……。今夜のコンサートで誰かがみすずさんの演奏を邪魔したら？」

「何だって？」

「ニャー」

片山は呆《あき》れて、

「無茶だよ！」

「でも、そうすれば、みすずさんの身に危険が及ぶこともないでしょ」

「しかし……」

片山も、それが一つのアイデアであることは認めざるを得ない。しかし、だからといって……。

「——一体何をすればいいんだ？」

と、片山はしばらくして言った。

5

「大丈夫ですか？」

と、八田弥江が訊いても、

「心配しないで」

と、みすずは言うばかり。「——一人にしてちょうだい」

「はい……」

とは言ったものの、楽屋から出て行く決心がつかない。

誰かがドアをノックして、みすずは飛び上りそうになり、

「誰も来ないで！」

と叫んだ。「一人になりたいのよ！」

弥江がドアを開けると、山崎が立っている。

「山崎さんですよ」

「今は会いたくないの。――終った後で来て」

みすずは振り返りもしない。

「分りました」

「どうしたんだい？」

山崎はわけが分らない様子。弥江は、

「お話しします。ともかく今は」

と、山崎を押し出すようにして、自分も楽屋を出て行った。

その足下をスルリと抜けて――。

みすずは、一人になると鏡の前で、ぼんやりと頬杖《ほおづえ》をついている。

「あんたは……何の役に立ってるの？」

と、呟《つぶや》く。「あんたがピアノを弾いて、一体何になるの？」

「ニャー」

猫が鳴いた。ホームズが。

でも、みすずはびっくりしなかった。入って来たことに気付いていたわけではない。でも、必要なとき、そこにいてくれるのが、当り前のように感じていた。

「慰めに来てくれたの？」

と、みすずはかがみ込んでホームズの頭を撫《な》でた。

ドアが開いて、

「失礼します」

と、片山が入って来た。

「ホームズさんの付添いの方？」

と、みすずは言って笑った。

「大丈夫ですか？」

「ええ……。ピリピリしてるんです。弥江さんには悪いこと言ったわ」

みすずは、片山やホームズの前では正直な表情を見せられる気がした。

「あなたにお願いがあって来たんです」

と、片山は言った。

「まあ、何でしょう？」

「今夜のコンサートを、邪魔したいんです」

みすずは呆気《あっけ》に取られている。

「──そういうことですか」

と、みすずは肯《うなず》いて、「でも、犯人を捕まえるために必要なら……」

「そう思っています」

と、片山は肯いた。「でも、妹と話し合って、もし、あなたがピアニストとして堪えられないということなら、やめようということになったんです」

みすずは、何も言わなかった。

片山とホームズが、しばらく黙っていると、みすずはゆっくり息をついて、

「確かに、演奏家にとっても、今日のお客さんたちにとっても、今夜の演奏は唯一のものですから。それを邪魔されるのは、複雑なものがあります」

「やめてほしければそう言って下さい。もちろん、犯人も見付けたいけど、演奏家にとって、プライドを傷つけることになりますからね」

片山の言葉に、みすずはしばらく考え込んでいたが、やがて、

「──構いません」

と言った。「やって下さい」

「分りました」

「いつもいつも、完全な状況でコンサートが開けるわけではありませんし、それで弾けなくなったら、プロとは言えません」

「そう聞いて安心しました」

「四捨五入です」

「何です？」

「大まかなことも必要だってことです」

と、みすずは言った。「——ある人が言ったんです」

「四捨五入ですか」

「ええ。——それで、どうやりますの？」

と、みすずは訊《き》いた。


オーケストラが力強い和音を延ばす。

その音が切れると同時に、みすずの指はピアノの鍵盤《けんばん》の上を滑走した。

協奏曲の中でも、オーケストラが沈黙し、独奏者がその腕前を披露する。そこをカデンツァと呼ぶ。

今、みすずは第三楽章のカデンツァに入った。——これが終ると、オーケストラとの激しいかけ合いの後、堂々と曲全体をしめくくる。

オーケストラの面々はホッと息をついて、みすずのピアノに聞き入っている。曲ももう少し。

特に、今日のみすずはのっていた。凄《すご》い気迫で、オーケストラの方も煽《あお》られてしまい、いつにない熱演である。

ピアノが揺らぐかと思うフォルテから、一気にかすかな呟きのようなピアニシモへと続く。

ホールを埋めた、ほとんど満席の聴衆も、今夜のコンサートは大成功だということを感じていた。

デリケートな指先が、小さな宝石のような音を作り出していく……。

客席は咳《せき》一つしない、静寂の中にあった。

実際、ピアノを弾くみすずの息づかいさえ、ピアノの音が鳴っていないときには聞き取ることができた。

カデンツァは順調に進み、みすずが指の妙技を披露した。

そして――さあ！　堂々たるコーダで曲をしめくくる。

オーケストラの方も、さて、出番だ、というので楽器を取り上げている。

すると――ゴーッ

静かなホールの中、その異様な響きは隅々まで通っていった。

何だ？

ゴーッ。――ガーッ、ゴーッ。

いびきだ。

そうと知れると、客席は一斉に「犯人捜し」を始めた。

そして、二階の最前列、目につく所にいて、いやでもみんなの視線を集めることになったのである。

グオーッ。ガオーッ。

そのいびきは、恐竜の咆哮《ほうこう》かというほどになった。

曲は、カデンツァが終り、一気にオーケストラが盛り上ってフィナーレへとなだれ込んで行く。

グオーッといういびきも、フルオーケストラの響きにかき消された。

そして曲は終った。

拍手が起り、みすずはゆっくりと立ち上った。

指揮者と、そしてコンサートマスターと握手して、みすずは客席に向って一礼すると、袖《そで》へと入って行く。

「良かったわ！」

と、弥江が拍手で迎えた。

「ありがとう。——いつになく疲れたわ」

「でも、あのひどいいびき！　ふざけてるわね」

弥江がそっと客席を覗《のぞ》く。

「仕方ないわ。色々いるわよ」

指揮者に促されて、みすずは再びステージへと出て行った。

「——いいね」

いつの間にか、佐伯が弥江のそばに来ていた。

「ねえ、良かったわ」

「肩の力が抜けた。力でピアノをねじ伏せようとするところがなくなったよ、今日は」

佐伯はそう言って、ステージのみすずに向って拍手をした。

大柄な、でっぷりと太ったその男は、口ひげをいじりながらホールから出た。

「あの人よ」

という声がした。

「ああ、凄いいびきかいてた人」

「最低ね！」

が、そんな声など耳にも入らない様子で、その男は悠然と夜の道を歩いて行く。

ほとんどの客が駅に向うのと反対に、その男は人気《ひとけ》のない通りを歩いて行った。

しばらく行って、横断歩道を渡ろうと立ち止まった。

信号が青になり、男は通りを渡り始めた。

車が——一瞬の内に突進して来た。

男は、立ちすくんだ。が——パッとわきへ身を投げ出すと、車は猛然と風を巻き起して、走り去って行った。

男がペタッと座り込んだまま呆然《ぼうぜん》としていると、

「——おい！」

と、片山が駆けて来た。「大丈夫か！」

「片山さん……」

石津は口ひげを取ると、「もう少しで……ひかれるところでした」

「ああ。みんながゾロゾロ出て行くんで、お前のことを見失っちまったんだ。——しかし、良かった」

「ちっとも良くありませんよ」

と、石津は渋い顔をして、「あんな恥ずかしい思いをして……」

「分ってる。これも仕事だ。さあ行こう」

と、促す。

「待って下さい。──動きにくいと思ったら、座布団を丸めてお腹に入れていたんだ」

「忘れてたのか？　呑気《のんき》な奴だ」

片山は、石津の肩をポンと叩《たた》いた。


車が駐車場へ入って来て停った。

エンジンが切れ、静かになると、車から降りて来たのは──。

「八田さん」

と、晴美が声をかけると、

「あ……。晴美さん。何してらっしゃるんですか？」

と、弥江はギクリとしたのを、必死でとりつくろった。

「今、兄がビデオカメラでとっていたのよ」

と、晴美は言った。「あなたが、あのいびきをかいた男を車でひこうとしたところをね」

弥江はじっと晴美を見ていて、

「──罠《わな》だったんですね」

「ええ。あれは石津さんだったの」

「そうですか……」

弥江は、硬い表情で、「でも──殺そうとしたわけじゃありません」

「そう？」

「おどかしてやっただけです。私、車の運転は上手いんですよ」

「そうかもしれないわね」

「私――みすずさんの所へ行かないと」

と、弥江は言った。「送って帰りますから」

と行きかけた弥江へ、

「バッグを持って行くべきだったわね」

と、晴美が言った。

足を止めた弥江が、ゆっくり振り向いて、

「どういう意味です？」

「あなた、バッグを楽屋へ置いて行ったでしょ。中から手紙が出て来たわ。柳井修介の手紙が」

弥江が青ざめた。

「早く捨てれば良かったのに」

と、晴美は言った。「あなたの名前が、住所録にあるわ。それと、会ったメモにも、『ヤ』の字が使ってある」

弥江は、しばらくじっと立っていたが、

「――分りました」

と言った。「知っていたんですね」

「あなたは『ファン』じゃない。そうでしょ？」

「ええ。私じゃありません」

「ただ、今夜のいびきのうるさい男が殺されかけたとなれば、柳井も同じ『ファン』に殺されたと思われる。それが狙いね」

弥江は、フッと肩を落として、

「七つも年下で……プレイボーイで……。あんな男がどうして私と付合っていたのか……。でも、私は好きだったんです。向うは、ただ物珍しかっただけなんでしょう。――冷たくなって、しかも、みすずさんとも続けていた。許せなかったんです」

「気持は分るわ」

と、晴美は言った。「でも、そんな男を殺して、もったいないわ。あなたの人生をむだにするなんて！」

車が入って来て、停った。片山と石津が降りて来て、

「危い所だった」

と、片山は言った。

「ご苦労さま。――八田さん、兄がついて行くわ」

「分りました」

弥江は背筋を伸ばして、「逃げ隠れしません。ただ、みすずさんを、家まで送って下さい」

と言った。


「――どうぞ」

と、みすずは言って、晴美とホームズを中へ入れた。

「お邪魔して」

「いえ。――二階へ上って下さい」

「二階？」

「母と会って下さい」

「いいんですか？」

「ええ。いいんです」

階段を上っていく。

晴美とホームズは、それについて上った。

「――母の部屋です」

みすずは、ドアを叩いて、「みすずよ。遅くなって」

と言いつつ、ドアを開ける。

明りが点《つ》くと、ごく当り前の洋室。ただ、広いベッドには寝ている母親の姿は見えなかった。

「お母様は……亡くなったんですね」

と、晴美は訊《き》いた。

「――ええ」

しばらくしてから、みすずは肯《うなず》いた。「でも、この部屋に来ると、感じるんです！　母がどこかから見ていると」

母親の――かなり若いころだろう――写真が大きな額に入れられ、ベッドの枕に立てかけてあった。

「これが母です」

と、みすずは言った。

「ここで、私は母と話していました。――気が付くと、自分が母の役までやっていて、自分自身を手ひどくやっつけていました」

晴美は、部屋の隅の机に置かれたパソコンへ目をやった。

「あの『ファン』の手紙は、あなた自身が打ったんですね」

「そ、そのようです」

と、みすずは言った。「自分でも憶《おぼ》えていないんです。でも、きっとそうだったんでしょう」

おそらく、一方で母親として自分を厳しく裁いていたのとバランスを取るように、もう一方であの『ファン』を作り出していたのだろう。

それが、あまりに身近なことを書いて、却《かえ》って自分を脅かすことになるとは、おそらく思っていなかったに違いない。

「——お騒がせしてすみません」

と、みすずは言った。「でも、もう、ここへは来ませんわ。母に会いたければ、ピアノに向います。学ぶべき母は、ピアノの中にいるんです」

みすずの笑顔は明るかった。

「ニャー」

と、ホームズが祝福するように鳴いた。

「山崎さんと結婚します。ここはもう売ってしまいます」

と、みすずが言うと、

「そのことだけど、みすずさん……」

「はい?」

晴美は、ちょっと言いにくそうに、咳払《せきばら》いをした。

「ブラボー！」

拍手で迎えてくれたのは、山崎だった。

「いつ来たの？」

と、みすずは、汗を出されたタオルで拭《ぬぐ》った。

「ついさっき。――遅れてすまない」

「いいのよ」

みすずは息をついて、「じゃ、待っててね！」

ステージへ戻るみすず。拍手はひときわ大きくなる。

みすずは、ピアノに向って、アンコールの小品を三曲弾いた。

そして、リサイタルは終った。

「――まとめて弾く奴があるか」

望月が、苦笑いした。

「だって、早く終らせたかったの」

袖《そで》へ入って来て、みすずが言う。「山崎さんは？」

「ああ、楽屋の所で待ってると言ってたぞ」

「分ったわ」

みすずが急ぎ足で駆けて行く。

「転んでけがするなよ！」

と、望月が後ろから怒鳴った。

みすずは、楽屋の前に立っている山崎にいきなり抱きつき、キスした。

「ちょっと……。ちょっと……」

と、山崎は慌てていた。「あの……母だよ」

みすずは、不機嫌そうな女の視線に出くわした。

「初めまして、安立みすずです」

「登の母です」

と、その女は言って、「ずいぶん大胆ね。芸術家はやはり感覚が違うんですね」

「あの……別に人目があるわけでもありませんし……」

「そう？　私が『人《い》じゃない』と言うのね？」

「違います！」

「ま、いいわ。——登ちゃんから聞いてるでしょうけど、結婚するのなら、ピアノはやめてもらいます」

みすずが啞然《あぜん》としていると、

「あのね、ママ、その話はこれからゆっくり——」

「早い方がいいの。一番肝心のことなんですから」

と、みすずを見下すようにして、「どうですか？　登ちゃんと結婚するのなら、それくらいの犠牲は払っていただかないと」

「私……ピアノはやめません」

と、みすずは言った。「山崎さんのためでも、ピアノはやめられません」

「あら、そう。じゃ、この話はなかったことに」

と、肯いて、「登ちゃん。帰るわよ！」

と、さっさと行ってしまう。

「待って！　ママ！　――あのね、また……電話するから！」

山崎が母を追いかけて行ってしまうと、

「――馬鹿みたい」

と、誰のことやら呟《つぶや》いて、楽屋へ入って行こうとした。

「ニャー」

足下にホームズが座っていた。

「来てくれたの？　――あんたの言った通りだったわ」

むろん、本当に言ったのは晴美である。

「やあ、どうも」

片山たちがやって来る。

「いらっしゃい」

と、みすずは言った。「おいでいただいて……。あの——八田さんは？　どうしてますか」

「今、弁護士を頼んでいます。柳井がかなりひどい男だったようですから、事情を考えて、そう重い刑にはならないと思いますがね」

「そうなってほしいわ」

と、みすずは言った。「——お腹ペコペコ！　何か食べに行きましょうか？」

「賛成！」

と、数メートル離れた石津が言ったので、みんな大笑いになった。

みすずの笑いは、いくらか暗いものだったが、それを知っているのは、みすず当人とホームズだけだった……。

三毛猫ホームズのいたずら書き

1

少し風はあったが、岬はよく晴れて爽《さわ》やかな日射しに包まれていた。

特に土産物の店と食堂の入った建物の中にいると、広いガラス窓越しに射し込む光で春の盛りの暖かさである。

「冬とは思えないわね」

と、片山晴美は言った。

「本当ですね！」

と、何でも晴美の言うことには、一も二もなく賛成するのは、石津である。「食欲の秋みたいですね」

「お前は一年中が食欲の季節だろ」

と、片山義太郎がからかう。

「結構じゃないの。健康な証拠だわ。ねえ、ホームズ？」

片山兄妹《きょうだい》と石津が、少し遅めの昼食をとっている食堂。三人のテーブルの下で、暖かい日射しを浴びて快く居眠りしている三毛猫一匹。

ホームズは、少しの間を置いて、目を開けると、大欠伸《おおあくび》した。

「いやね、聞いてなかったの?」

と、晴美が言った。

「ニャー……」

聞いていたよ、とでも答えるように、ホームズが鳴いた。

「いや、観光地で食べるカレーライスの味は、また格別ですね」

と、石津は〈カレー大盛り〉をほとんど平らげていた。

——警視庁捜査一課の刑事である片山義太郎と石津刑事、そして片山の妹晴美に三毛猫ホームズを加えた「四人連れ」は、ある事件の解決の後、その近くの岬を見物してから帰ることにしていた。

食堂の窓から、細い散歩道がゆったりと左右へカーブしながら、次第に細く海へ突き出た岬の突端へと続いているのが見える。

岬の一番先には、小さな四阿風《あずまや》の建物があって、観光客はみんな一応そこまで行って戻って来るのだった。

かすかに波の音がして、のどかな昼下りだ。

しかし……。

「一人旅かしら」

と、晴美が言った。

「何だって？」

「ほら、あそこの奥の方のテーブル」

晴美の視線の先に、コートを脱ごうともせずに一人で座っている女性がいた。

岬見物に来たとも思えないし、どこか人の干渉をはねつけそうな雰囲気を持っている。

年齢は三十代半ばというところか。

コーヒーを飲んでいるが、どうも「味わっている」とは見えなかった。

「何だか……どこかで見たことあるな」

と、片山が首をひねる。「誰だろう？」

「知り合い？」

「いや、知り合いってわけじゃ……。といって、手配中の犯人でもなさそうだ」

「何だか思いつめてる顔よ」

「お腹が空《す》いているんじゃないですか？」

と、石津は言った……。

その女性は立ち上ると、食堂を出て行った。

「——まあ、他人の生活に口出ししないことだ」

と、片山は伸びをして、「じゃ、帰るか」

「あら、せっかく来たんだもの、岬の先端まで行ってみましょうよ」

「だけど、風があって寒そうだぜ」

「あの女性も行くわ」

片山が窓の外へ目をやると、あの女性がコートを大きくはためかせながら、岬への道を歩いていくのが見えた。

「だからって、俺たちも行くのか？」

「万一、あの人が岬の崖《がけ》から飛び下りたら？」

晴美の言葉に、片山は目を見開いた。

そして——片山たちは小走りにその女性を追いかけて行くことになったのである。


「誰だ、妙なことを言ったのは！」

と、片山が息を切らしながら文句を言った。

「万一、って言ったでしょ」

晴美は涼しい顔をしている。

——岬の突端に建っている四阿風の休憩所。

あのコートの女性は、別に飛び下りる気配もなく、その休憩所のベンチに腰をおろしていた。

確かに、ここまで来ると海の方から風が吹きつけて来て、かなり寒い。

観光客も、ここまで来て記念写真を撮ったりしてから、早々に戻って行くのだが……。

そのコートの女性は、風を受けてもじっとベンチに座って動かないのである。

「馬鹿らしい。行こう」

と、片山が首をすぼめる。

「あ、ごめんなさい！」

その女性が首に巻いたスカーフが風で飛ばされて、片山の顔へペタッと張りついたのである。

「すみません！」

「いや……。どうも……」

片山は何とかスカーフを引きはがして、その女性へ返した。

「――片山さん？」

と、その女性が言った。

「え？」

「やっぱり！　片山刑事さんでしょ。私、真田《さなだ》ゆかりです。お忘れ？」

ちょっと大きく見開かれた目で見つめられて、片山もやっと思い出した。

「ああ！　弁護士さんだね。いつだったか、突然訪ねて来て……」

「その節はどうも」

と、彼女は会釈した。「――奥様と？」

「え？　ああ、いや、これは妹」

と、片山は晴美と石津を紹介した。

「失礼しました。元弁護士の、真田ゆかりと申します」

「え？　君、弁護士を辞めたの？」

「まだこれからですけど」

と、真田ゆかりは目を伏せて、「私には弁護士なんかしている資格はありません」

片山はいぶかしげに、

「どういう意味だい？」

「私……自分があんまり無力なので、いやになって、ここへ来たんです」

そう言われて、片山にも思い当った。

「そうか。この岬は――。あの男だね？　殺人罪で有罪が確定した……」

「宮川良介《みやがわりようすけ》です」

「そうそう、宮川良介だ。彼は事件当日、ここを訪れてたと主張したんだね」

「ええ。宮川は無実を主張していました。私は彼を信じて、あの日、彼がここへ来ていたことを、何とか立証しようと必死で……」

と、ゆかりは首を振って、「でも、力及ばず……」

「仕方ないよ。そううまい具合に証人が見付かるとは限らない」

「ええ、頭では分っているんです。でも……」

――真田ゆかりが、ある日突然捜査一課へやって来た。

そして、たまたま応対に出た片山へ、ゆかりは凄《すご》い熱さで、

「宮川は無実だ」

と訴え、「何とかもう一度捜査のやり直しを！」

と頼んで来たのである。

もちろん、そんな権限は片山にはないし、一旦《いったん》有罪が確定したものを「再捜査」に持ち込むには、よほどの新証拠が必要だ。

「役に立てなかったね」

と、片山は言った。「しかし、君が弁護士を辞めるというのは……」

「自信がないんです、もう」

と、ゆかりは言った。「せめて……ここへ来て、宮川良介が見たのと同じ風景を見ておこうと思って……」

「私には何とも言えないけど」

と、晴美が言った。「でも、もし無実なら、またいつか新しい証拠が出て来ることもあ

るかもしれませんよ」

真田ゆかりは、片山をふしぎそうな視線で見上げて、

「ご存知ないのね」

「何を?」

「宮川良介は——死刑を執行されました。一週間前に」

2

海からの風が一段と強くなった。

やって来た観光客は、みんな早々に写真を撮って引き上げて行く。

しかし、片山たちと真田ゆかりは、身じろぎもしないで立っていた。

「おい! 名前、彫って行こうぜ!」

高校生らしい男の子数人がやって来て、大声で言った。

「面倒だよ。寒いし。もう帰ろうぜ」

と、文句を言う者もいたが、

「ナイフ貸せよ。すぐだからさ」

四阿《あずまや》の中心に、太い四角い柱が立っていて、屋根を支えている。黒光りするその柱には、

ここへやって来た観光客が大勢名前やマークを彫りつけていた。

もちろん禁じられていることだが、こんなに大勢がやっていると、いちいち注意もしていられないのだろう。

「――お前、何だよ、それ？　勝手に彼女の名前なんか彫るなよ」

と、からかいの声。「この前、振られたばっかりだろ」

「うるせえ！」

――片山は、我に返って、

「そうだったのか」

と肯《うなず》いた。

「ずいぶん早かったわ。まだ一、二年はあると思ってたんですけど……」

と、ゆかりは言った。「ごめんなさい、余計なことを……」

「いや、いいんだ。でも――寒いだろ？　行こう」

「ええ」

ゆかりも、片山に促されるまま、立ち去ろうとした。

「ホームズ、おいで」

と、晴美が振り向くと、ホームズは、男の子たちがナイフで名前を彫っている柱をじっと見上げている。

「どうしたの?」

と、晴美が戻って来ると、ホームズが一旦晴美を見てから、目を柱の方へ移した。

「やった! じゃ、行こう!」

男の子たちは一斉に駆け出して行った。

「ホームズ、この柱が何か?」

ホームズが晴美の肩へヒョイと乗って、前肢《まえあし》を柱へかけて伸び上ると、

「ニャーオ」

と鳴いた。

「——お兄さん、見て、これ」

と、晴美は、柱の表面にびっしりと彫られた、大勢の名前を指さした。

「どうしたんだ?」

と、片山も戻って来る。

「これ……」

と、晴美が指さしたのは、他の名前に挟まれて、窮屈そうな一つの名前。

「〈良介来《きた》る!〉か。——〈良介〉?」

その名前を耳にして、真田ゆかりがやって来た。

「〈良介〉っておっしゃいました?」

「いや、ここに彫ってあるから……」

「どこですか？」

と、目をこらす。

〈良介来る！〉という、歪《ゆが》んだ文字と、日付。

「――まさか！」

と、ゆかりがよろける。

「しっかりして！」

と、晴美が慌てて支えた。

「こんな所……見なかった。捜そうともしなかったわ」

ゆかりの声が震えている。

「でも、これがその良介って人の彫ったものとは限らないでしょ？〈良介〉って名前は他にも――」

「考えられません。あの良介――宮川良介です」

「どうして言い切れるんだ？」

と、片山が訊《き》く。

「日付が彫ってあるでしょ。〈03・6・12〉って。2003年の6月12日。――問題の殺人事件のあった、その日です」

と、ゆかりは上ずった声で言った。「そんな偶然があると思います?」

片山と晴美は顔を見合せた。

「――この岬に、本当にあの日、宮川良介がいたのなら、犯行時刻に東京にいることは不可能なんです。分りますか? これこそ、宮川良介が無罪だという証拠……」

そう言いかけて、ゆかりは両手で顔を覆った。「もう遅い……。どうして気が付かなかったのかしら! ここへも何度も来ているのに。私は……私のせいだわ!」

ゆかりが泣き出した。

しかし、片山も晴美も、どう言って慰めたものか分らず、泣いているゆかりを、ただ眺めているしかなかったのである……。


車がマンションの正面に停った。

「ご苦労。――明日《あした》は九時に迎えに来てくれ」

ビジネススーツに身を包んだ、細身の男である。

アタッシェケースを手に、マンションのロビーへ入った。

ロビーのソファから立ち上った女性が、

「林《はやし》さん」

と、声をかける。「お待ちしていました」

「どなた？」

と、林は一瞬いぶかしげに言って、「ああ、弁護士さんだね、あなた」

「真田ゆかりです」

「そうだった。真田とかいったね」

林は肯いて、「何か用かね。仕事でくたびれてるんだ」

「申しわけありません。実はお話ししたいことが」

林は、真田ゆかりの後ろに立っている、長身の男性へ目をやった。

「この人も弁護士？」

「いえ、こちらは、警視庁捜査一課の片山さんです。今夜は個人として同行していただきました」

「話というのは――」

「宮川良介のことで」

林は、ちょっとため息をついて、

「もう勘弁してくれ」

と、目をそらした。「それに、けりがついたじゃないか。もう忘れたいんだ」

「お気持は分りますが――」

と、ゆかりは言った。「けりはついてなかったかもしれないんです」

「どういう意味だ？」

「宮川良介は殺していなかったかもしれません」

林は、険しい表情でゆかりを見ていたが、やがて諦《あきら》めたように、

「分った。ちょっと上りたまえ。しかし、君の馬鹿げた推理を聞かされるのだけはごめんだよ」

と言って、ポケットからキーホルダーを取り出した。

——エレベーターで五階まで上り、林の部屋へ。

玄関のドアを開けて、林は戸惑ったように、

「誰かいる。——誰だ？」

と、明りの点《つ》いた室内へと声をかけた。

「誰って、他に誰かいるの？」

と、黒いスーツの女性が出て来た。

「牧子《まきこ》。来ていたのか」

「妻が夫の家に来ちゃいけない？」

「いや、そうじゃないが……。君が呼んだのか？」

と、林はゆかりの方を振り向いた。

「違います」

「あら、そちらはあなたの彼女？　少し好みが変った？」

「弁護士の真田ゆかりです」

牧子は玄関の明るい光の下でゆかりを見て、

「まあ……本当だわ。まさかこの人と付合ってるわけじゃないでしょうね」

「奥さん、実は――」

「宮川良介が無実だという証拠を見付けたと言うんだ、この女は」

林は部屋へ上ると、「万に一つ、本当にそうだとしても、もう手遅れだ。死人を生き返らせるわけにはいかん」

「何のこと？」

と、林の妻、牧子は言った。

「知らないのか。――そうか、俺も知らせなかった」

「何を？」

「宮川良介は死刑になった。執行されたんだ」

それを聞いて、牧子はちょっと首をかしげ、

「まさか」

と、ちょっと笑ったが……。

すぐに笑いは消えて、

「——本当なの?」

と、ゆかりの方へ訊く。

「はい、一週間前に」

と、ゆかりが肯《うなず》く。

牧子は、しばらくぼんやりと立ち尽くしていたが、やがて突然、崩れるように倒れて気を失ってしまった。

「牧子! おい、しっかりしろ!」

林がさすがに慌てている。

「ソファへ運びましょう」

片山が手を貸して、牧子を居間のソファへと運んだ。

「——脈はしっかりしてるわ」

と、ゆかりが牧子の手首を取って肯いた。

「どうしたっていうんだ」

と、林は首を振って、「宮川が死刑になれば、喜んでいいはずなのに。——気が緩んで、ホッとしたのかな」

自分へ言い聞かせているような口調である。

そこへ、

「母さん！　どうしたの？」

と、居間の入口から声がした。

振り向いた林は、

「洋志《ひろし》か。——お前、その格好は何だ」

と、目を丸くした。

金色と紫に染めた髪が、針金のように突っ立っている。——その若者は、派手なジャンパーに幾重にも鎖をぶら下げて、

「バンドのためさ」

と、肩をすくめた。「母さんに言われてたんだ。ここへ来いって」

「洋志君？」

ゆかりは目を見開いて、「高校生のころから、ロックは好きだったけど……」

「ああ、弁護士のおばさんだね」

〈おばさん〉のひと言にショックを受けながら、ゆかりは何とか微笑んで、

「憶《おぼ》えててくれたのね……。今、大学生？」

「うん。でも、ほとんど大学には行ってない」

「そう。——あ、お母さんは大丈夫よ。気を失ってるだけ。すぐ気が付くと思うわ」

ちょうどそのとき、牧子が身動きして、何度か深く息をつくと、目を開けた。

「私……どうしたの？」

「奥さん、突然失神されたんですよ」

「そう……。ごめんなさい」

牧子は起き上って、「あ……洋志も来てたの」

「母さん、大丈夫？」

「ええ……。ちょっと……」

と言いかけて、ゆかりの方へ、「本当に、良介は……」

「亡くなりました」

「ああ……」

牧子は首を振って、「それで……あなたは良介が無実だと……」

「一緒にいらして下さい。私が見付けたものを、ぜひ見ていただきたいんです」

と、ゆかりは言った。

「今さら、そんなことをしてどうなる」

と、林は不機嫌そうに、「もう忘れるんだ！」

「良介叔父さんは犯人じゃなかったの？」

と、洋志が言った。「じゃ、他に犯人がいるってことだね」

その場の空気が突然張りつめた。

そうか。——片山は気付いた。

真田ゆかりの言う通りなら、宮川良介が無実だった、というだけでは済まない。

それなら他に犯人がいる、ということになるのである。

林圭一《けいいち》の険しい顔の理由が分った気がした。

「ともかく、明日《あした》ご一緒します」

と、牧子は言った。「たとえ後がどうなろうと、真実を見付けなくては……」

3

「それじゃ、問題の事件って、被害者も犯人も、みんな一つの家の中にいたの？」

と、晴美が言った。

「そういうことになるな」

と、片山は肯いて、「殺されたのは、宮川シズ江《え》。七十二歳だった。その娘が林の妻の牧子。息子が宮川良介だ」

「じゃ、息子が母親を殺した、と……」

「そう思われていた。——しかし、本当のところはどうだったのか」

片山はそう言って黙った。

車は、前回よりも格段に寒い灰色の雲の下を走っていた。運転は石津。

そして、晴美の膝《ひざ》の上にはホームズがぬくぬくと丸くなっていた。

「真田ゆかりさんは――」

「午前中は仕事で抜けられないと言っていた。あの岬で待ち合せてる」

「林圭一も来る？」

「たぶん来るだろう。牧子と一緒に」

片山は腕時計を見て、「ちょうど、待ち合せの時間ぐらいに着くと思うよ」

「でも、お兄さん」

と、晴美は言った。「私、その事件のことは、あんまりよく憶えてないけど、宮川シズ江さんっていう人、何か殺される理由があったの？」

「財産」

と、片山は簡潔に答えた。「宮川シズ江は早く夫を亡くした後、独力で会社を起し、凄《すご》い財産を作ったんだ」

「じゃ、林圭一は――」

「事実上、婿養子みたいなものだろう。宮川シズ江に気に入られて、娘の牧子と結婚し、会社を継いだんだ。今、五十歳くらいかな」

「じゃ、宮川良介は？」

「本当なら、実の息子の良介が継いで当然のところだ。でも、よくある奴さ」

「グレた？」

「そんなところだ」

と、片山は肯いて、「大学を中退して、一旦《いったん》は母親の会社に入ったが、ほとんど出社せず、その内、フラッと外国へ行って何年も戻らなかったらしい」

「それで、母親が殺されたときは？」

「もう良介も四十歳近かっただろう。数年前に帰国したらしいが、やっぱり、ろくに仕事もせずにブラついてたそうだ。いつも母親にガミガミ叱られていたとかで……」

「それで犯人だと思われたのね」

と、晴美が肯いて、「で、事件そのものはどういう風だったの？」

「それが――どうにも妙な事件でね」

と、片山は首を振って、「ある日、突然、宮川シズ江の姿が見えなくなった。むろん、八方手を尽くして捜したが見付からなかった。そして、数日して、シズ江の住いの大型トランクの中から、死体が発見されたんだ」

「トランク？」

「旅行用のね。シズ江はよく大荷物を部下に持たせて海外へ行ったらしい。その中の大型トランクは、充分に人一人入る大きさだった」

「彼女は――どうして死んだの？」

「どうやら、トランクの中で、窒息死したらしい」

「まあ……」

「誰かがトランクの中へ閉じこめて、トランクをロックしたんだろう。すぐには死ななかったはずだが、誰も気付かなかったんだ」

「それで、どうして良介が――」

「良介はギャンブルで借金を作って困っていたらしい。母親に金を無心したが拒まれて、大喧嘩《おおげんか》になったのを聞かれている」

晴美は、ちょっと眉《まゆ》をひそめて、

「それで死刑に？　何だか『殺人』と決めるのに無理がありそうだけど」

「確かに、あの真田ゆかりが『無実だ』と言うのも分る。――当時、マスコミは良介の色々なスキャンダルを盛んに流して、〈無力な老いた母親をトランクへ閉じこめて殺した、冷酷な男〉というイメージができ上ってしまった」

「でも、その人の生活や性格と、殺人を犯したかどうかは全く別の話よね」

「うん。しかし、第一審で無罪を主張していた良介が、有罪になった後、控訴を取り下げたんだ」

「つまり、殺人を認めた、ってこと？」

「そうは言っていないらしいが、そう受け取られても仕方ないな」

と、片山は肯《うなず》いた。

「それで、あのゆかりさんは余計に自分を責めてるのね」

「必死で、控訴するように説得したんだ。でも、良介は拒み続けた」

「何があったのかしら。そっちの方が気にかかるわね」

と、晴美は言った。「もし犯人でなかったら……」

片山は黙って首を振った。

——車は、やや予定より早く、あの岬に着いた。

「さすがに今日は寒いから、誰もいないわね」

と、晴美は車から降りて首をすぼめた。

「しかし、あの四阿《あずまや》に誰かいるぞ」

と、片山は言った。「たぶん、真田ゆかりだ」

石津が車から降りると、

「もう一台、車がこっちへ来ますよ」

と言った。

「もしかすると、林圭一の車かな」

その高級車は、片山たちの車の横に並ぶように停った。——値段の差は一目で誰にもよく分ったろう。

「どうも」

助手席から降りて来たのは、林牧子だった。

「真田さんは……」

「もう岬にいるようです」

運転席から林圭一が降りて来た。

「寒いな！　これで風邪でもひいたらかなわん」

と、コートを慌ててはおると、えりを立てた。「早く行って片付けよう」

「あなた。――洋志は？」

「え？」

「着いた、って声をかけたのに……」

牧子は車のドアを開けて、「洋志。――洋志！」

晴美も中を覗《のぞ》き込んで、分った。

一人、後部座席に座っている息子の洋志は、目を閉じて、ヘッドホンで音楽を聴いているのだ。

「本当に、もう……。洋志！」

牧子が手を伸して、息子の肩を叩《たた》くと、やっと目を開けて、

「あ、着いたんだ」

と、ヘッドホンを外す。

「そう言ったでしょ」

「聞こえなかったよ」

車から降りた洋志はヘッドホンを首にかけたままで、そこからは派手なロックが洩《も》れて聞こえていた。

「耳がおかしくならないの？」

と、牧子がため息をつく。

「これぐらい普通だよ」

と、洋志は肩をすくめた。

片山は晴美たちを紹介して、一緒に岬の突端へ向った。

「わあ、寒い！」

海へ近付くにつれて、風は強くなり、ホームズは晴美のコートの懐にすっぽりとおさまって、それでもなお首をすぼめていた。

あの四阿へ着くと、いくらかは風が和らぐので、みんな一様にホッとした。

「お待ちしていました」

と、真田ゆかり一人が、寒さにも少しも動じない様子で言った。

「——一体ここが何だと言うんだね」

と、林圭一が顔をしかめて、「私は仕事が……」

牧子が進み出て、

「聞かせて下さい」

と言った。

「これをご覧になって下さい」

と、ゆかりが太い柱を指す。

牧子は、ゆかりの指した先へ目を近付けて、

「——〈良介来る！〉とあるわ」

「馬鹿らしい。そんなものを見せに、我々を連れ出したのか？」

と、林が言った。

「でも、あなた。——日付がある」

洋志が面白がっている様子で、柱の所へやって来ると、

「僕もよくやるよ、方々へ行ったときに」

「恥ずかしいことはやめて」

と、牧子が息子をにらむ。

「これ？　〈良介〉って彫ってある。日付って……。ああ、〈03・6・12〉？　へえ！　あ

の日だ」

「ええ、あの日だわ」

と、牧子は肯いて、「偶然じゃないわ。良介はあの日、ここに来たのよ」

ホームズが、晴美の懐からストンと地面へ下りると、

「ニャー……」

と、穏やかに鳴いて——洋志の足下に寄って行った。

「何か用かよ?」

と、洋志がホームズをふしぎそうに見下ろす。

「洋志さん」

と、晴美が言った。「今、あなたがその日付を見て、『あの日だ』と言ったのは、どういう意味?」

「え?」

「牧子さんの言い方とは違ってたわ。何だか——楽しい思い出のある日のように聞こえたけど」

「僕はただ……」

と、洋志は肩をすくめて、「あの日に、憧《あこが》れてたロックバンドのメンバーと会えたんだ。それで僕の人生が決ったんだよ。だからよく憶《おぼ》えてる」

そう言ってから、洋志は、

「ああ……。それじゃ、お祖母《ばあ》ちゃんが死んだのが、その日だっけ?」

「そうよ。忘れたの?」

と、牧子が眉《まゆ》をひそめる。

「まあ、仕方ない。若い者はそんなものさ」

と、林は言った。「ともかく、そんな誰が彫りつけたか分らんようないたずら書きは、何の証拠にもならん」

「私はそう思わないわ」

と、牧子が言った。

「しかし……」

「もう死んじゃったんだから、仕方ないじゃない」

と、洋志がのんびりと言った。「それに母さんだって言ってたじゃないの。『あんな様子で長生きされても困る』って」

「洋志!」

と、牧子の声が甲高くなった。

「待って下さい」

と、片山は言った。「その『あんな様子』とはどういう意味ですか?」

「何でもありません」

と、牧子は表情をこわばらせて言った。

「隠すことないじゃないか」

「洋志、黙りなさい！」

晴美は、少し考えてから、

「――亡くなったシズ江さんは、認知症だったんですね」

と言った。

少し沈黙があって、牧子が口を開いた。

「まだ初期でした。確かに、少し困ることもありましたが……。でも、子供に戻ったような、可愛い年寄りになって……」

「まさかあんなに早くなるとは……」

と、林が首を振って、「その少し前まで、会社の実権を一手に握っていた。私のやりたいことも、なかなか理解してもらえなくて……」

林はちょっと息をついて、

「しかし、そんなことは関係ない。そうだろう？」

「もう少し、ついてあげるべきだったわ」

と、牧子が言った。「でも良介と喧嘩《けんか》しなくなったのは、助かったけど」

ゆかりが厳しい表情で、

「どうしてそのことを隠しておられたんですか?」

「別に隠してたわけじゃない」

と、林が言い返した。「話してたって、何も変らない」

「そんなことはありません。良介さんはいつも母親と争って、叱られていたと言われていました。その恨みが動機の一つだと言われたんです。でももう、シズ江さんは喧嘩しなくなっていたんですね?」

「しかし、あいつは金に困っていた」

「ですが——」

「済んじゃったことだろ」

と、洋志は言った。「それに、お祖母ちゃんの相手は、ほとんど良介叔父さんと僕に任せてたじゃないか」

「それは、忙しかったからだ」

「私も、お付合が色々あって……」

と、牧子が口ごもる。

「勝手言ってら」

と、洋志が笑って、「大変だったんだぜ。お祖母ちゃん、子供みたいになってさ。『遊ぼう、遊ぼう』って誘って来て――」

洋志が、突然言葉を切った。

ホームズが、洋志の首から外れて落ちたヘッドホンを前肢《まえあし》で引っかけ、片山の方を見た。

「洋志君、どうした？」

と、片山は言った。「真青だぞ」

「洋志、寒いの？」

母親の声も耳に入っていない様子で、洋志は一瞬よろけると、ベンチにドサッと腰をおろした。

「洋志、どうしたの？」

「僕は……僕は……忘れてた！　すっかり忘れてた！」

洋志の声は震えていた。

「忘れてたって……何を？」

「シズ江さんは『遊ぼう』って誘いに来たのね」

と、晴美は言った。「『隠れんぼをして遊ぼう』って？」

洋志が頭を抱えた。

「あのとき……。電話がかかって来たんだ。友だちから。あのロックバンドのメンバーに会えるぞ。すぐ来い、って。僕は夢中で家を飛び出した……」

「そして、忘れた。──隠れているお祖母さんを」

と、片山は言った。「シズ江さんは、トランクの中に隠れてた。何かの弾みで、トランクの止め金がかかり、開かなくなった……」

牧子が目を見開いて、

「洋志！　お前……」

「忘れてたんだ！　今の今まで、すっかり忘れてたんだ！　本当だよ！」

──誰もがしばらく動かなかった。

「良介さんは、たぶんそのことに気付いたんだわ」

と、ゆかりが言った。「自分がやったことにして、洋志さんが苦しまないようにしようと……」

「それで控訴を取り下げたのね」

と、晴美が肯《うなず》く。

「叔父さん……」

洋志が泣き出した。

牧子が力を失ったようにベンチに腰をおろした。

「──洋志君」

と、ゆかりが歩み寄って、「もう良介さんは帰って来ないけど、せめて名誉だけでも回復してあげて」

「うん……。分ったよ」

洋志が涙を拭《ふ》いた。

「運が悪かったんだわ……」

と、牧子が顔を上げて言った。

ホームズが、晴美の肩へヒョイと飛び乗った。

「どうしたの？　――あら、ゆかりさん。これを見て」

「何ですか？」

ゆかりは、晴美の指さした柱の別の場所を見ると、「――まあ」

そこにはハートの形が彫りつけてあり、それを矢が貫いていた。矢は、〈良介〉から〈ゆかり〉へと向っている。

むろん、良介がゆかりを知ったのは、逮捕された後だから、これは偶然だ。

それでも、ゆかりは幸せそうに微笑んだ。

「良介さんが、あの世から彫りに来たんだわ」

と言って、「――私もやり直さなきゃ」

「それがいい」

片山はゆかりの肩に手をかけた。

「風が止んだわ」

と、晴美が言った。

寒さは消えて、柔らかな日射しが岬を照らし始めていた。

三毛猫ホームズの用心棒

1　夜道

「大丈夫！　私は決して襲われない！」

結構周囲に聞こえるような大声で、そう言いながら、三枝英子《さえぐさえいこ》は深夜の道を歩いていた……。

夜ふけといっても、半端でない。午前三時。

もう少しすれば明るくなろうか、という時刻。

こんな時間に、若い女が一人で帰宅というのは……。いや、今どきの都心に勤める女性たちの中では、三枝英子はそう珍しい存在ではない。

都会では、夜中になってやっと仕事が本格的に始まるということも少なくないのである。

編集プロダクションに勤める英子もその一人。

しかも、たいてい帰りに一杯「引っかけて」帰ってくる。むろん、明日《あした》の出勤はお昼過ぎ。

「ああ！　いい酔い心地だ！」

と、英子はひとりでしゃべっていた。「ねえ、これだから一人暮しはやめられない！」

三枝英子は今三十五歳。むろん独身。

住んでいるのは、一応マンション。かなり古いが、マンションはマンションで、アパートではない。

家賃が割合安いのは、バス停から十分ほど坂を上らないと着かないからである。

しかも、夜は人通りの少ない、寂しい道なのだ。

英子が一人で、

「私はツイてる女！　大丈夫なのよ！」

と、暗がりへ語りかけているのは、いわば景気づけなのである。「私を襲う物好きはいない！」

これは本音でなく、内心は、

「どうして今の男は見る目がないの？」

と、グチっているのである。

しかし——今夜ばかりは、その「おまじない」も効かなかった。

いつの間にか、一人の男がピタリと英子の後ろについていたのだ。

気付いて足を止めたときには、目の前に白くナイフの刃が光っていた。

「おとなしく言うこと聞いてりゃ、殺しゃしねえ」

と、耳もとで声がした。「このナイフは切れるんだぞ」

「はい……」

「そっちの暗がりへ入れ」

「はい……」

男の方も声が上ずっている。でも、それだけに、逆らったら何をされるか分らない。

突き放されると、懐中電灯の光が、英子を照らした。

「何だ、若くねえな」

と言われてカチンと来たが、「——まあいいや。そこで服を脱げ」

「え……」

「殺されたいのか！」

「いえ……。分りました」

言われる通りにするしかない。スーツの上着を脱ぎ、スカートを足下へ落とした。

「全部、脱ぐんだ！」

と、男は震える声で言った。

すると——。

「お前が脱げ」

と、他の男の声がした。

「誰だ？」

ナイフを持った男が振り向くより早く、黒い人影が素早く動いて――。ナイフの男はアッという間に地面に大の字になって伸びてしまった……。

英子が呆然《ぼうぜん》としていると、

「服を着て下さい」

と、穏やかな声が言った。

「あ――はい！　ありがとうございました」

英子は慌てて服を着て、「あの……」

「この男は警察へ突き出しておきますよ。お宅へ帰って下さい」

「どうも……。あの……どちら様……」

暗くて、相手の顔が見えないのだ。

「ご心配なく」

と、男は言った。「私はあなたの用心棒です」

「は？」

「いつも、必ずあなたを見守っています」

「でも……」

「行って下さい」

「はあ……」

ともかく、こんな所にはいたくない。

お礼は言いたかったが、相手の言葉に従って、マンションへと、ほとんど走るように急いだ。

自分の部屋に入って、鍵《かぎ》をかけると、英子はやっと息をついた。

「ああ……。怖かった！」

カーテンを引き、居間のソファにドサッと身を沈める。

あの「用心棒」とかいう男が現われなかったら、今ごろどうなっていたか……。

考えただけで寒気がした。

でも「あなたの用心棒」って、どういう意味だろう？　もちろん、英子にボディガードを雇うようなお金はない。

でも、「いつもあなたを見守って」いるとも言っていた。

誰か、他の人と間違えてるのかしら？

そんなことって……。

三枝英子は、わけが分らず首をひねっていたが、ともかく、この夜危機を逃れたことは確かだったのである……。

2　個人的問題

「個人的なSP？」

と、片山は言った。「何だい、それ？」

「よく分んないんだけど……」

と、三枝英子は首をかしげて、「片山君、刑事でしょ？　知ってるかと思って」

「そんな……。聞いたことないな」

と、片山は首を振って、「でも、ともかく襲われかけたところを、誰かが救ってくれたんだね」

「ええ。TVのニュースで見て、びっくり。あの男って、二人も殺してたのね」

「警察署の前に放り出されてた奴だね？　手配中だったんだ。良かったね、無事で」

「ええ……。でも誰が置いてったか、分らないんでしょ？」

「そうらしい。——君も心当りがないの？」

「全然。だって、今はボーイフレンドもいなくて」

三枝英子は、片山義太郎刑事と、昼間の喫茶店で会っていた。

あの事件から一週間たっている。

片山とは大学のサークルでの仲間だ。英子の方が年上だが、その分、却《かえ》って気軽に話せる仲だった。

「あれからは、駅前でタクシー拾ってマンションまで帰ってるわ。お金かかるけど、怖くて」

「そう。安全が何よりだよ」

「まあ……気にし過ぎかもしれないけど」

と、英子はコーヒーを飲んで、「あれから、何だか誰かにいつも見られてるような気がするのよ」

「今も？」

「ええ」

片山は喫茶店の中を見渡した。

割合に広い店内はほぼ一杯で、仕事途中のサラリーマンらしい男も大勢いる。

「特にこっちを見ている人間はいないけどね」

「ええ、きっと考え過ぎなのね」

と、英子は肯《うなず》いて、「偶然ってこともあるからね」

「偶然って、何のことだい?」

英子は、しばらくためらっていたが、

「——笑わないでね」

と言った。

「話してごらんよ」

「あの事件のあった三日後だけど、私のまとめたインタビュー記事が雑誌に載ったの。相手は有名なタレントで、小説も書いたりしてる人なんだけど……」

「それで?」

「もちろん、まとめた原稿はその人に見てもらったし、ゲラになってからも一度チェックしてもらってた。ところが雑誌が出たとたん、そのタレントが怒鳴り込んで来たの」

「へえ」

「知らない内にでたらめを書かれた、って。——もちろん言いがかりなのよ。記事の中で、自分と同じプロの先輩タレントのことをからかったのね。それで先輩に怒られて」

「君のせいにしたってわけか」

「そう。でも、そのプロは力があって、怒らせるとまずいの。それで私、みんなの前で、土下座させられた」

「ひどい話だな」

「それぐらいのこと、慣れてるわ。平気じゃないけどね」

と、英子は肩をすくめた。「そのタレントがね、その晩、酔って歩いてて、階段から落ちて大けがしたの」

「自業自得だろ」

「同情する気にはなれなかったわ」

と、英子は肯いた。「ただ、当人は誰かに突き当られたって言ってるらしいけど、ひどく酔ってたから……」

「三枝君、まさか——」

「その翌日だけど」

と、英子は続けた。「入ったレストランで、私、大喧嘩《おおげんか》しちゃった。オーダーを間違えといて、こっちが悪い、金を払えって言うの。頭に来てね」

「そりゃそうだな」

「そこのシェフと怒鳴り合いになって……。もちろん、払わないで店を出たわ」

「それで?」

「そのシェフ、キッチンで足を滑らせて熱湯を浴び、大火傷《おおやけど》した」

片山は、ちょっと考え込んだ。

「しかし、それは……」

「ええ、分ってるわ。きっと偶然なのよね」

と、英子は肯いて、「ただ、誰かに見られてる気がする、ってことと、その偶然が重なって、何だか気味悪くなって来たの」

「気持は分るよ」

「もちろん、私に惚《ほ》れて、守ってくれてる男がいるとしたら、はっきり面と向って言ってよ、って感じだけどね」

と、英子は笑って言った。「――さ、もう行かないと。ごめんね、仕事中に」

「構わないよ。何かあれば、いつでも連絡して」

「ありがとう」

二人は喫茶店を出て、軽く握手をした。

「――妹さん、元気？　それと、あのユニークな猫ちゃんも」

「どっちも元気過ぎるくらいだよ」

「よろしく言って。――これからインタビューなの」

「有名人？」

「知ってるかしら。松山圭三《まつやまけいぞう》って画家」

「松山……。ああ、何だかこの間、どこかの壁画を描いて、トラブル起した？」

「そう。初めの注文とあんまり違っちゃって、注文主がお金払わないって言ったら、夜中に自分の絵にペンキぶちまけたって人」

「ちょっと気難しそうだね」

「土下座しないですむように祈ってね」

と、笑って言うと、三枝英子はちょっと手を振って、足早に人ごみの中へ姿を消した……。


「まあ、英子さんがレイプされかけたの？」

と、晴美は夕食をとりながら、「良かったわね、無事ですんで」

「まあな」

と、片山はご飯にお茶をかけて、「犯人の方は無事じゃすまなかった。誰か知らないが、英子を救った男は、犯人のあばら骨を三本も折ってた」

「いいじゃないの。私も一回けとばしたかったわ。ね、ホームズ」

「ニャー」

食卓の下で、同様に夕食の最中だった三毛猫も、一声返事をした。

「ホームズも、『引っかいてやりたかった』って言ってるわ」

「勝手に訳すな」

「もうご飯、いいの？　――じゃ、片付けるわよ」

片付けることの好きな妹、晴美に、片山は時々、まだ食べているおかずを「片付けられて」しまう。

「英子さん、恋人いるの?」

と、晴美が訊《き》いた。

「いないと言ってるよ」

「本当なら、お兄さんも立候補したら? 補欠くらいにはなれるかも」

「選挙じゃないぞ。それに、俺のことを男だなんて見てないさ」

「女とも思ってないわよ。ね、ホームズ」

「ニャン」

「ともかく、そういうヒマもないさ、彼女。——あれ、メールだ」

片山はケータイを取り出して、「噂をすれば、だ。英子からだよ」

「例の画家さんにペンキでもかけられた?」

「いや……」

片山は、メールを読んで目をパチクリさせた。「〈松山圭三は、とても繊細な、やさしい人でした〉だって」

「へえ」

「それで……〈私、松山さんと結婚することにしました〉ってさ」

晴美が唖然《あぜん》として、さすがに片付けの手を止めてしまった……。

3　男の了見

「いいなあ、英子さん」

と、同じ職場の女の子が眠い目をこすりながら言った。「凄《すご》い金持なんでしょ、松山圭三って」

「そんなことないでしょ」

と、英子は苦笑して、「気に入らない仕事はしないっていうんだもの。どうなるか分らないわよ」

「でも、結婚できる！　いいなあ……」

やたら羨《うらやま》しがるのはくせのようなもの。

三枝英子が勤めている編集プロダクションは、むろん貸ビルのワンフロア。

狭くて、足の踏み場もないくらいに、色々な物が山積みのオフィス。

そこで十人余りが働いている。

今は午前一時。

この仕事では、「まだ早い」時刻。

「カンちゃん、昨日の原稿、上った？」

と、英子は若い男性に声をかけた。

「今パソコンに入れてます」

「あと一時間で終らせてね。印刷所にまた怒鳴られるわよ」

「はい」

英子は、このプロではベテランの方で、それに性格的にも若いスタッフを引張っていくのに向いている。

印刷所も、英子とはうまくいっていた。

どんなに電子化されようと、人と人の信頼関係がないと、仕事がスムーズには運ばないのである。

「──ああ、この写真、どうにかならないの？」

英子が今手がけているのは、芸能人のコラム。十七歳のアイドルの女の子が「著者」だが、当人は書いていない。

当人に話を聞いて、英子がまとめるのだが、ひどいときは当人から話が聞けず、マネージャーの二言三言でコラムをでっち上げなくてはならない。

それはまあ慣れたことだが、当のアイドルの写真が……。

「この時季に水着？　変よねえ」

アイドルの所属プロが、

「これを使え」

と渡して来るのを使わないわけにいかないのだ。

「――英子さん」

と、このプロの経理、かつ雑用すべてを任されている女の子がやってくると、「すみません。今ちょっといいですか？」

「いいわよ。何？」

「この経費なんですけど、領収証がなくて……」

「え？」

お金に関しては、英子はかなり詳しくきちんとしている方だ。

「どれ？　――ちょっと待って」

と、目をパチクリさせ、「こんなの知らないわ！　いつの出張？」

「半月前です」

「待って」

手帳をめくって、「これ……。私じゃないわ。間際になって、私、急な取材が入って行けなくなったの」

「でも、英子さんの名前で出てます」

「おかしいわね。——武井《たけい》さんだ」

「副社長ですか？」

「そう。急だったんで、他にいなくて。——武井さんは？」

「さっき、ちょっと出て行きましたけど」

「すぐ戻るのかな。——武井さんに訊いて」

「はい。——あ、戻って来ました」

副社長の武井は、どこかで一杯引っかけて来たらしく、少し赤い顔をしている。

「武井さん」

と、英子は伝票を手に、副社長の机まで行くと、「これ、武井さんでしょ」

と、机の上にポンと置いた。

武井はチラッとそれを見て、

「君の名前になってるじゃないか」

「でも、私、行ってませんよ。このとき、急に代って武井さんが——」

「ともかく君の名前で出てるんだから、君の責任だ」

と、武井はにべもなく言った。

「待って下さいよ。この字は武井さんじゃないですか」

「俺は知らん」

武井の冷ややかな口調に、英子は真顔になって、

「それって、どういう意味ですか」

と言った。

「どういう意味もこういう意味もない。君の名前で切った伝票だ」

「私の字じゃないって、誰でも分りますよ。領収証なしで、こんなに伝票切っても、社長のOK、出ませんよ」

「じゃ、社長にそう言え」

武井はそっぽを向いて、「俺は忙しい」

「でも……」

「OKが出なかったら、自分で負担するんだな」

「あの……」

と、経理の子が口を挟んで、「同じ日に、出張先のゴルフ場から請求書が来てるんですけど」

「ゴルフ場？」

「ええ、武井さんのサインで」

「その請求先は？」

「三枝英子様ってなってます」

——英子にはやっと分った。

武井は社長と二人で「出張」を手早く片付け、温泉やゴルフで遊んで来た。その伝票を英子の名前にしたのだ。

「武井さん——」

と、英子が言いかけると、

「いいじゃないか。四、五十万くらい。彼にキスの一つもすりゃ出してくれるさ」

と、武井が遮って言った。

血の気のひく思いがした。

英子が松山と結婚することが面白くないのだ。男のやきもちか。

英子はそれ以上何を言う気も失《う》せて、

「——そのまま出して」

「でも……」

「社長に何か言われたら、そのとき考えましょ」

「はい」

自分の机に戻ったが、仕事する気にもなれない。

「——帰るぞ」

武井が、大声でそう言うと出て行った。

「ひどいな」

と、若い社員が言った。

「ああいう男にならないでね」

と、英子はパソコンの電源を落として、「疲れたわ。——結婚したら、ここにはいられないかも」

「英子さん辞めたら、やっていけませんよ」

「どうかしらね」

と、英子は立ち上って、「今日は帰るわ。じゃ」

「お疲れさま」

の声を背に、英子はオフィスを出た。

英子がビルを出ようとすると、

「英子さん！」

と呼ぶ声がして、「カンちゃん」こと、谷田《たにだ》乾治《かんじ》が追いかけて来た。

「カンちゃん、どうしたの？」

「すみません！　これ、見て下さい。レイアウト、自信がなくて……」

　プリントしたページを見せられて、

「そうね……。ま、いいんじゃない？　強いて言えば……ここの空きが広過ぎて、少し間の抜けた感じになることかしら」

「そうですね！　じゃ、写真を少し動かします」

「そうね。それで充分よ」

「ありがとうございます」

　と、谷田乾治は微笑んで、「やっぱり、英子さんがいないと、どうしていいか分りませんよ」

「あらあら」

　と、英子は笑って、「カンちゃんはもう一人前よ。大丈夫」

「見捨てないで下さいよ。美央《みお》ちゃんだって頼りにしてるんですから」

　渡部《わたべ》美央は、あの経理と雑用担当の女の子。

「ありがとう。嬉《うれ》しいわ」

　と、英子は谷田の肩を軽く叩《たた》いて、「カッとなって辞表出すとか、そんな真似は決してしないわ。約束する」

「お願いします」

谷田はそう言って、エレベーターの方へと戻って行く。

英子は、すっかりいい気分になって外へ出た。

谷田は、わざと英子に意見を求めて来た。

「英子が必要だ！」

と言いたかったのだろう。

谷田乾治といい、渡部美央といい、心から英子を頼ってくれる。

冷たい風も気にならなかった。

そして、歩きながらふと思った。

私の「用心棒」って、もしかすると谷田君？

「――まさか」

好青年だが、およそ腕力などなさそうな谷田。どう考えても無理だ。

英子はちょっと笑って、駅へと急いだ。


「女ってのは楽な商売だな……」

いい加減酔った武井は、相手かまわずそう言って絡んだ。

その挙句、

「お客さん。他のお客の迷惑ですから、出てって下さい」

と、店の主《あるじ》に言われてしまった。

畜生！　誰が迷惑だって？

俺よりあの女の方が――。

いや、どうでもいい。どうせあの女は辞めさせてみせる……。

武井は、駅前からタクシーだと十分ほどで家に着く。しかし――不景気の今、タクシー代は会社で出してくれない。

タクシーの客待ちの車を何台も見かけた。少々恨めしげにその光景を横目で眺める。

すっかり酔いもさめて、武井は玄関で鍵《かぎ》を取り出した。

手から鍵が滑り落ちる。

「何だ……この野郎……」

武井は身をかがめて鍵を拾おうとしたが――。

そのとき、誰かが傍に立っていることに気付いた。

「誰だ？」

と、少しもつれた舌で言うと、次の瞬間……。

4　恐怖

「おはよう、美央ちゃん」

と、三枝英子はオフィスへ入って言った。

「おはようございます」

渡部美央は顔を上げて、「英子さん……」

「――なあに？　何か顔についてる？」

と、英子は自分の机の上のパソコンを立ち上げながら言った。

普通の人間なら、「おはよう」という時間ではない。もう午後の二時だ。

しかし、夜中が一番忙しいこの世界では、充分に「おはよう」なのである。

「英子さん……。今日凄《すご》くきれいです」

「あら、どうしましょ。お昼でもおごる？」

と、英子は笑った。

すると、オフィスへ入って来たのは――。

「あら、どうしたの？」

と、英子は言った。

「君、車の中にこれ、落とさなかった？」

と、イヤリングの片方を手にして見せたのは、画家の松山圭三。

「え？　——あら、それ私のじゃないわよ」

「そうか。じゃ、誰のだろ」

「英子さん、そういうことなんですね」

と、美央がニヤニヤして、「道理で美しいと思いました」

「からかわないで」

英子もさすがに赤くなった。

「松山圭三さんですね！　あなたの絵、大好きです！」

と、美央が立って、松山と握手した。

「ありがとう。——君は、英子の言う『可愛い妹分』だね」

「あ、私のことなんか話してるんですか？」

英子は笑って、

「酒のさかなにね」

「わあ、ひどい」

――そこへ、

「ニャー……」

と、少し控え目に、「お邪魔します」とでも言うような、猫の声。

「あら、あなた……」

と、英子が立って、「ホームズじゃない？」

「失礼……」

と、今度は片山が顔を出した。

「あら、片山君！」

「やあ……。ここって、君の職場？」

「そうよ。じゃ、私に用で来たんじゃないの？」

「それが……。ここに、武井隆《たかし》さんって方は？」

「武井はうちの副社長。武井がどうかした？」

「そうだったのか。――いや、実は武井さんがゆうべ殺された」

「え？」

「夜中に帰って、家の中へ入ろうとしたとき、頭を鈍器で殴られてね。それでここへ来たんだが……」

少しの間、啞然《あぜん》として、それから英子は、

「まあ……」

と、吐息と共に言って青ざめた。

「英子さん……。社長に連絡しますか」

と、美央が言った。

「ああ。——そうね」

英子は、美央が落ちついているのを見て、立ち直った。

「社長さんっていうのは？」

と、片山が訊《き》いた。

「江上《えがみ》っていうの。社長といっても、ここにはほとんど来ないわ。他に本業があって。だから事実上、武井がここのトップだったの」

と、英子は言って、「片山君、武井さんのご家族は……」

「いや、それが家には誰もいなくて。死体を発見したのも、新聞配達の子なんだ」

「まあ」

「武井さん、奥さんと別居してたんですよ」

と、美央が言った。「お子さんも奥さんと一緒に……」

「知らなかったわ。じゃ、そのせいでお酒を——」

「武井さんを恨んでた人の心当りは？」

と、片山が訊く。

英子が口ごもっていると、美央が、

「恨んでる人っていうより、嫌ってた人は大勢いたと思いますけど、殺すほどじゃないです」

「そうか」

「どうもあんまり好かれてなかったようだね」

と、松山圭三が言った。「ゆうべ君が話してた男だな？」

「ええ……」

英子は、片山に松山を紹介して、「片山君……。まさかとは思うけど」

「例の〈用心棒〉かい？　何かあったのか」

「ええ、実は……」

英子は昨夜の一件を話して聞かせた。

「ずいぶんスケールの小さい男ですね」

と、石津が言った。

石津刑事も、一緒に来ていたのである。

「ニャー」

ホームズが机の上で、呆《あき》れたように（？）鳴いた。

「わあ、可愛い三毛猫！」

と、美央が近寄ってホームズの毛並をそっと撫《な》でた。

「美央ちゃん、用心しないと、その猫に秘密を見抜かれるわよ」

と、英子は言った。「その猫は超能力を持ってるんだから」

「うん、どこか普通の猫と違う雰囲気を持ってると思った」

と、松山圭三がすっかり興味を持った様子で、「その猫を描かせてくれないかな」

「まあ、ともかく今は事件の話で」

と、片山は慌てて言った。「今の話では、確かに武井さんが嫌われていたことは分るけど、殺すほどのこととも思えないね」

「英子さん、〈用心棒〉って、何のことですか？」

と、美央が訊いた。

英子が話してやると、

「凄い！　私にも誰かついてくれないかしら！」

「美央ちゃん。——もし、同じ人物の犯行だったら……」

「ともかく、武井さんの家族に会ってみるよ」

と、片山は言った。「連絡先って分るかな」

「どこかに記録があると思います」

と、美央がすぐにキャビネへと駆けて行く。

「よく働くでしょ？」

と、英子が言った。「本当に助かってるの」

その元気の良さに、片山は妹の晴美と似たものを感じていた。

「――僕は役に立ちませんか？」

と、オフィスへ入って来たのは、「カンちゃん」こと、谷田乾治。

「あら、カンちゃん、出かけてたの？」

「印刷所に呼ばれて。――どうかしたんですか？」

と、片山たちを見て、「新しい顧客ですか」

「そうじゃないのよ」

英子から武井が殺されたことを聞くと、

「ええ？　あの人……。殺されるってタイプじゃないですよね」

「殺されるのに、タイプはないだろうがね」

と、片山は言った。

美央が、武井の連絡先として、妻の実家の電話番号がメモしてあったのを見付けて来た。

「ありがとう。早速連絡を取ってみるよ」

と、片山は言った。

「じゃ、僕は行くよ」

と、松山が英子の方へ歩み寄ると、素早く唇にキスした。

「ちょっと……」

と、英子は真赤になって、「外国暮しが長いもんだから」

「いいじゃないか」

と、片山は笑って、「さ、我々も失礼しよう」

ホームズが、ストンと床へ下りると、エレベーターの前にいた松山の足下へ。見上げて、

「ニャー」

と、声を上げた。

「おい、モデルを引き受けてくれるのか?」

と、松山がニヤリと笑って言った。

「ホームズ……」

片山は微妙なホームズの様子を感じていた。

松山に、何かあると言ってるのか?

しかし……。

エレベーターが来て、片山たちと松山が一緒に乗り込んだ。

「僕は地階に」

と、松山が〈B2〉のボタンを押した。「駐車場に車を置いて来たのでね」

ホームズが片山の方を見上げた。

5　悲嘆

副社長が亡くなりまして……。

そんなことが、理由として通用するほど、「仕事」の世界は甘くない。

むしろ、英子などいつも以上に忙しい一日だった。

「ああ……。疲れた！」

ホッと一息ついたのは、もう夜の十一時。

「大変でしたね」

と、美央が言った。

「美央ちゃん。まだ残ってたの？」

と英子はやっと気付いた。

「もう帰ります。――それより、英子さん、夕ご飯食べてないんじゃ？」

言われて、初めて思い出した。

「そうだった！　お腹が空《す》くわけね」

と笑って、「じゃ、一緒にその辺で食べようか」

「ええ。もう帰れるんですか？」

「まだまだ。でも、食事くらいしないとね」

と、英子は立ち上った。

十一時を過ぎて、食事しようと思えば、やはり二十四時間オープンのファミレスくらいしかない。

二人で食事しながら、

「武井さんの後、誰か来るんでしょうか」

「さあね。江上社長は、この仕事やる気ないだろうし……」

「英子さん、辞めませんよね」

と、美央は言った。

「どうして？」

「だって――松山圭三と結婚したら、働かなくても食べていけるでしょ」

「さあ……。今のところは辞めたくないけどね。これからどうなるか分らない」

コーヒーを飲んでいると、ケータイが鳴った。

「仕事の連絡かしら。——もしもし」

「三枝君？　片山だけど」

「ああ、何か……」

「落ちついて聞いてくれ」

片山の声は緊張していた。

「——何のこと？」

「車の事故で……。松山さんが」

英子は、しばらく呆然《ぼうぜん》としていた。

「もしもし？　大丈夫かい？」

「ええ……。それで……具合は？」

「重体だけど、まだ何とも言えないそうだ」

「ありがとう、わざわざ……」

病院の名前も聞かずに切りそうになった。

様子がおかしいと気付いたらしい美央が、

「どうしたんですか！」

と、大きな声で訊《き》いて、英子はやっと我に返った。

美央が代って、片山から病院を聞いた。

「行きましょう！」

と、美央が立ち上った。

美央が支払いをして、レストランを出ると、ちょうど谷田がやって来たところで、

「やっぱり、ここか。そうじゃないかと思って――」

「カンちゃん」

と、美央が手短かに事情を話した。

「――分った。じゃ、会社に戻ってるから」

と、谷田は言った。

「お願いね。悪いけど、もしかしたら、原稿のファックスが――」

「そんなこと、任せとけばいいんですよ！」

と、美央が英子の腕をつかんで引張った。

ショックが大きいと、却《かえ》って妙に色んなことに気を回してしまうものだ。

美央に同行してもらって、病院へ向うタクシーの中でも、英子は、

「あのレイアウトが間に合わないと……」

と、ブツブツ言い続けていた……。

「片山君……」

病院の廊下に片山の姿を見かけて、英子は駆け寄った。「あの人は？　生きてる？」

「うん、生きてる。ともかく、今夜一杯もてば、ってことらしい」

「そう……」

英子が急にふらついて、片山は慌てて支えると、廊下の長椅子に座らせた。

「大丈夫かい？」

「ええ……。ちょっとめまいがしただけ」

「心配だろうけど、今は任せるしかないよ」

「ええ、そうね。分ってるわ」

と肯《うなず》くと、「美央ちゃん。あなた、会社に戻って。カンちゃんに、机の上の仕事、やってもらってくれる？」

「英子さん――」

「仕事は仕事よ。雑誌は発売日というものがあるの。遅らせるわけにはいかないのよ」

片山は、仕事に気を取られている方が、却って英子がしっかりすると感じて、

「彼女の言う通りにしてあげて」

と、美央へ言った。

「分りました。今、やりかけなのはどこの仕事ですか？」

英子の話を聞いて、美央は急いで玄関の方へと駆けて行った。

「――片山君も、無理しないでね」

「分ってる。僕も一旦《いったん》戻ってから、また来るよ」

「悪いわね」

と、片山の手をギュッと握った。

片山が行ってしまうと、英子は力が抜けてしまったかのように、長椅子にぐったりとして身を委《ゆだ》ねた。

「ああ……」

松山との愛を確かめ合ったばかりだったのに……。どうしてこんなことが？

ゆうべ、英子は松山と初めて一夜を共にしたのだった。

結婚して、この人の子供を産んで……。

肌をぴったりと寄せ合いながら、英子の中に、夢は果てしなく広がって行った。

それが今は……。

ケータイが鳴った。――英子は、それに出るだけでも大変な努力が必要だった。

「もしもし？」

「英子さん？　美央です」

「ああ、ご苦労様。何か分らないことでもあった？」

「それが――カンちゃんがいないんです」

「いない？」

「ええ。病院から戻って、姿が見えないんで、どこかに呼び出されて出かけたのかと思ったんですけど、ケータイにかけても出ないし……」

「おかしいわね。仕事のことは分ってるはずなのに」

少し遠慮して、病室の前から離れ、廊下の隅で話していた。

ドアの閉る音に振り向いたが、誰もいない。

「――じゃ、もう少し待ってみます」

と、美央は言った。

「ええ。何かあれば、また電話して」

通話を切ると、英子は病室の方へ戻って……。

何が気になったのか。さっきのドアの閉る音が、ちょうどこのドアの辺りだったような気がしたのだ。

でも、誰も入って行かなかったような……。

ドアを開けると――奥のベッドの傍《かたわら》に、背中を向けて誰かが立っていた。

「どなた？」

と、英子は声をかけ、「――カンちゃん！」

振り向いたのは谷田だった。

「カンちゃん、会社に戻ったんじゃなかったの？」

「仕事が済んでないんでね」

と、谷田は言った。「先にこれを片付けないと」

英子は息を呑《の》んだ。

いつもの「カンちゃん」の声ではない！　この声は……。

「あなたが……私の〈用心棒〉？」

「僕は一生、英子さんを守るんです」

と、谷田は言った。

「でも、松山さんの所で何をしてるの？」

谷田は手に細い布の紐《ひも》を巻きつけていた。

「すぐ済みますよ。英子さんは外で待ってて下さい」

「あなた……何をする気？」

「殺すんです」

「何ですって？」

「車のブレーキに細工して、事故を起させるのはうまくいったのに。——もう少しスピードを出してたら、きっと死んでたのにな」

「カンちゃん……。どうして？」

「この男に、英子さんはやれませんよ」

と、谷田は言った。「そりゃ、今の内は親切かもしれない。でもね、この画家は、次々に女をこしらえて、認知してる子供だって二人もいる。とんでもない奴なんですよ」

「それは、私と彼の間のことだわ。カンちゃんには関係ない！」

「いいえ！」

と、谷田は激しい口調で言った。「そうはいきません！　僕はあなたを守るんだ。世間の暴力や、男の横暴から」

「カンちゃん……」

「誤解しないで下さいね。僕はあなたに、ぜひ幸せになってほしいんです。松山が、英子さんにふさわしい男なら、僕は応援していますよ。でもこの男はそうじゃない」

「やめて、カンちゃん！　あなた――どうかしてるわ」

「いいえ、僕は正常ですよ」

と、谷田は笑った。

そのとき、

「ニャー……」

病室のどこかで猫が鳴いた。

「ホームズ？」

と、英子は言った。

「ここにいます」

ロッカーの扉が開いて、中から石津が出て来た。「ああ、窮屈だった!」

ホームズも出て来て、伸びをした。

病室のドアが開いて、片山が入って来た。

「片山君!」

「車に細工してあったのは事実だけどね、ちゃんとホームズが見抜いて警告してくれたんだよ」

「え?」

ベッドに松山が起き上った。

「もう少しで、本当に眠っちまうところだったよ」

「あなた……」

英子が駆け寄って、松山の手を取った。

谷田の手から、紐がパラリと落ちた。

石津が谷田を連行して行くと、

「じゃ、退院するか」

と、松山が英子の肩を抱いて言った。

「カンちゃんが……。信じられないわ」

と、英子は言った。「私を救ってくれたときの彼は別人のようだった」

「二重人格のようなものかもしれないね」

と、片山は言った。「きっと、『正義の味方』が悪い奴をやっつける、ってヒーロー物語に熱中してたんだよ」

「私、ヒーローより、普通の人が好きだわ」

と言って、英子は松山の腕を取った。

「ニャー……」

ホームズが、英子の意見に同意するように鳴いた……。

解説

大矢《おおや》　博子《ひろこ》

赤川次郎《あかがわじろう》さんが「幽霊列車」でオール讀物推理小説新人賞を受賞したのが一九七六年。以来、五十年近くにわたってエンタメ小説界のトップランナーとして走り続け、その著作は二〇一七年に六百冊を超えて今も記録を更新中です。

数多くのシリーズを持つことでも有名な赤川さんですが、やはりその看板といえば「三毛猫ホームズ」でしょう。

頼りない刑事の片山義太郎《かたやまよしたろう》、活動的な妹の晴美《はるみ》、そして彼らの飼い猫にして名探偵のホームズ。この三人（ふたりと一匹ではなく、ここは作中の表現にならって三人としておくべきでしょう）が毎回さまざまな事件に出会い、ホームズの行動をヒントに事件の謎を解いていくという、ユーモアミステリの人気シリーズです。

シリーズ第一作『三毛猫ホームズの推理』は著者三冊目の長編として一九七八年に光文社カッパ・ノベルスから刊行。カッパ・ノベルスといえば硬派な社会派ミステリを中心とした名門レーベルで、当時は新人の長編を、しかも軽やかなユーモアミステリを出すというのはとても珍しいことでした。ミステリの読者が男性に偏っていたことから（そんな時代があったんですね）、女性読者を開拓するために選ばれたのだそうです。

これが男女を問わず大ヒットし、それまでサラリーマンとの二足の草鞋《わらじ》だった赤川さんが専業作家になるきっかけとなりました。

それから四十五年。今では「三毛猫ホームズ」シリーズは長編五十五冊（最新刊は二〇二三年二月刊行の『三毛猫ホームズと炎の天使』）、短編集が十四冊という日本ミステリ界屈指のロングランシリーズとなっています。

本書『三毛猫ホームズの用心棒』は十四の短編集の中でも最も新しい、二〇〇九年に刊行された作品で……え？　だったら最新のものからじゃなくて最初から順番に読まなくちゃ、とお思いですか？　いえいえ、大丈夫。このシリーズはどこから読んでもOKなんです。ただ、シリーズを味わうのに押さえておきたい作品はいくつかありますので、それはのちほど紹介しますね。まずは本書から紹介させてください。

では、あらためて。本書『三毛猫ホームズの用心棒』は十四の短編集の中でも最も新しい、二〇〇九年に刊行された作品です。ただ他の短編集とは大きな違いがあります。それは、各収録作が発表された時代がバラバラだということ。一九八〇年から二〇〇九年までと、かなり長いスパンの中から採られているのです。

他の短編集はどれも原則として、「小説宝石」（光文社）を中心に雑誌掲載されたものを順に収録しています。ところが本書は雑誌掲載のものだけでなく、アンソロジーや企画もののために書かれた短編が入っているのです。

こういった企画ものは、シリーズだけを追っていたのでは見落としてしまったり、入手する機会を逸するとなかなか出会えなかったりするもの。しかも初出をご覧いただくとわかるように、版元もバラバラです。それが一堂に会したわけですから、いわば本書は「三毛猫ホームズ」の短編集の中でも、お宝の一冊と言っていいのではないでしょうか。

「三毛猫ホームズの水泳教室」（早川書房『ミステリマガジン』1980年）

夜のプールで高飛び込みをしていた女性が死体で発見されます。プールの水量が少なかったのが原因と思われましたが……。短い中に何度も捻《ひね》りが仕込まれて、展開の妙を感じさせる作品です。

これはお宝中のお宝かもしれません。なんといっても、赤川さんのデビュー短編であり、その後も人気シリーズとなっている「幽霊」シリーズの永井《ながい》夕子《ゆうこ》が登場しているのですから。これまでも、辻真先《つじまさき》さんの「迷犬ルパン」シリーズとのコラボ（辻真先『迷犬ルパンと三毛猫ホームズ』光文社文庫）や、赤川さんのシリーズキャラの短編だけを集めた短編集（『名探偵、大集合！　シリーズ・キャラクター総登場短編集1』光文社文庫）などはありますが、異なるふたつのシリーズキャラがひとつの短編に登場する例はあまりありません。ファンとしては是非、チェックしておきたい一作です。

「三毛猫ホームズの英雄伝説」（角川書店『野性時代』１９９４年）

女性を暴漢から守った際、過剰防衛で相手を殺してしまったため刑務所に入っていた男性が出所してきました。当時守られた女性は、その男性と一緒になりたいというのですが、なぜか家族はいい顔をせず……。何が問題なのか、一度では終わらないサプライズに注目。他の収録作もそうですが、ワンアイディアで済ませることもできる短編でも、赤川さんは複数の仕掛けを仕込むことが多く見られます。

初出は雑誌ですが、その後、『名探偵の挑戦状』（角川文庫）というアンソロジーに採られました。三毛猫ホームズの他、内田《うちだ》康夫《やすお》さんの浅見《あさみ》光彦《みつひこ》、栗本薫《くりもとかおる》さんの伊集院大介《いじゅういんだいすけ》、森《もり》村誠一《むらせいいち》さんの牛尾《うしお》刑事と、九〇年代前半に人気だった名探偵が勢揃《せいぞろ》いしています。

「三毛猫ホームズの殺人協奏曲」（カドカワノベルズ『おとなりも名探偵』１９９６年）

ピアニストが巻き込まれたストーカー事件や殺人事件を描いたものです。クラシック音楽に造詣《ぞうけい》の深い赤川さんらしい一編ですが、この短編の贅沢《ぜいたく》なことと言ったら！　長編のサイコホラーにできそうな要素を惜しげもなくぶちこんでいるんですから。なんてもったいない……いや、これだけの要素を入れながら短編に仕上げる、そのテクニックを賞賛すべきでしょう。
　本編の初出である『おとなりも名探偵』は前述した『名探偵、大集合！』同様、赤川さんのシリーズキャラを集めた短編集です。三毛猫ホームズの他に、三姉妹探偵団やマザコン刑事、そして「三毛猫ホームズの水泳教室」にも登場した永井夕子の短編もあります。二〇〇〇年に角川文庫入りし、現在でも紙と電子の両方で入手可能ですので、ぜひ手を伸ばしてみてください。

「三毛猫ホームズのいたずら書き」（光文社『愛蔵版　三毛猫ホームズの推理』２００６年）
　被告を冤罪《えんざい》から救うことができなかった弁護士が、死刑執行後に冤罪の証拠を見つけるという切ない物語です。といっても赤川さんの筆にかかれば、そんな切ない設定も軽やかに読ませてもらえるのがいいですね。
　これは本書収録作の中でも特に、文庫入りを熱望していたファンが多かったのではないでしょうか。初出の『愛蔵版　三毛猫ホームズの推理』とは、赤川さんが二〇〇六年に第九回日本ミステリー文学大賞を受賞したのを記念して刊行された、単行本版の『三毛猫ホームズの推理』です。長編に加え、ボーナストラックとして著者インタビューなどと一緒に、この書き下ろし短編が収録されました。

「三毛猫ホームズの用心棒」（光文社「小説宝石」２００９年）

自分に意地悪をした相手が事故や災難に会う……ありがたいような恐ろしいような用心棒の正体は？

本書収録作の中で最も新しい（といっても二〇〇九年ですが）作品です。「三毛猫ホームズの殺人協奏曲」では片山家にファックスが入ったことが大ニュースのように書かれていましたが、この作品ではメールを使ってますね。ちなみに一九八〇年に書かれた「三毛猫ホームズの水泳教室」では携帯電話すらなく、警察を呼ぶのに管理室の電話を借りていたり、管理室内で普通に煙草を吸ったりという場面があるのも時代を感じさせます。初出時期の異なる作品がまとまると、こういう楽しみもあるわけです。

というわけで、もともとが三十年近いスパンの中で書かれた作品の集まりですので、「順番に読まなくちゃ」なんて考えなくていい、というのはおわかりいただけたかと思います。むしろ、一冊でそれだけの幅を味わえるわけですから「三毛猫ホームズ」の入門にも最適と言えるかもしれません。

それでも、本書を読んでもっと「三毛猫ホームズ」について知りたくなった方は、まずシリーズ第一作『三毛猫ホームズの推理』と第二作『三毛猫ホームズの追跡』の二冊をお読みください。『推理』ではホームズが片山家にやってきた経緯が、『追跡』では石津《いしづ》刑事をはじめレギュラーメンバーがほぼ出揃《でそろ》います。

ホームズがどのように片山たちにヒントを出すのか、その様子がわかりやすく描かれるのがドイツを舞台にした『三毛猫ホームズの騎士道』、主要キャラクターの石津刑事について知りたいなら『三毛猫ホームズの怪談』といったあたりがお薦め。短編集から選ぶなら、ホームズがいなくなってしまう『三毛猫ホームズの家出』はいかがでしょう。

……などと書いているとキリがありませんね。つまりは、最初の長編二作だけ押さえておけばOK、あとはどれを読んでも「お馴染《なじ》みの楽しさ」があなたを待っています。なんせ長編だけで五十五冊、短編集も合わせれば七十冊近いわけですから、どうぞホームズと仲間達の世界をゆっくりたっぷりみっちり味わってくださいね。

本書は二〇一三年四月に光文社文庫から刊行されました。

三《み》毛《け》猫《ねこ》ホームズの用《よう》心《じん》棒《ぼう》

赤《あか》川《がわ》次《じ》郎《ろう》

令和5年 5月25日 初版発行

発行者●山下直久

発行●株式会社KADOKAWA
〒102-8177 東京都千代田区富士見2-13-3
電話 0570-002-301(ナビダイヤル)

角川文庫 23661

印刷所●株式会社暁印刷
製本所●本間製本株式会社

表紙画●和田三造

●お問い合わせ
https://www.kadokawa.co.jp/（「お問い合わせ」へお進みください）
※内容によっては、お答えできない場合があります。
※サポートは日本国内のみとさせていただきます。
※Japanese text only

ISBN 978-4-04-113710-9 C0193

◇◇◇

角川文庫発刊に際して

角川源義

第二次世界大戦の敗北は、軍事力の敗北であった以上に、私たちの若い文化力の敗退であった。私たちの文化が戦争に対して如何に無力であり、単なるあだ花に過ぎなかったかを、私たちは身を以て体験し痛感した。西洋近代文化の摂取にとって、明治以後八十年の歳月は決して短かすぎたとは言えない。にもかかわらず、近代文化の伝統を確立し、自由な批判と柔軟な良識に富む文化層として自らを形成することに私たちは失敗して来た。そしてこれは、各層への文化の普及滲透を任務とする出版人の責任でもあった。

一九四五年以来、私たちは再び振出しに戻り、第一歩から踏み出すことを余儀なくされた。これは大きな不幸ではあるが、反面、これまでの混沌・未熟・歪曲の中にあった我が国の文化に秩序と確たる基礎を齎らすためには絶好の機会でもある。角川書店は、このような祖国の文化的危機にあたり、微力をも顧みず再建の礎石たるべき抱負と決意とをもって出発したが、ここに創立以来の念願を果すべく角川文庫を発刊する。これまで刊行されたあらゆる全集叢書文庫類の長所と短所とを検討し、古今東西の不朽の典籍を、良心的編集のもとに、廉価に、そして書架にふさわしい美本として、多くのひとびとに提供しようとする。しかし私たちは徒らに百科全書的な知識のジレッタントを作ることを目的とせず、あくまで祖国の文化に秩序と再建への道を示し、この文庫を角川書店の栄ある事業として、今後永久に継続発展せしめ、学芸と教養との殿堂として大成せんことを期したい。多くの読書子の愛情ある忠言と支持とによって、この希望と抱負とを完遂せしめられんことを願う。

一九四九年五月三日

角川文庫ベストセラー

黒い森の記憶　赤川次郎

森の奥に1人で暮らす老人のもとへ、連続少女暴行殺人事件の容疑者として追われている男が転がり込んでくる。人嫌いのはずの老人はなぜか彼を匿うことにして……。

スパイ失業　赤川次郎

アラフォー主婦のユリは東ヨーロッパの小国のスパイをしていたが、財政破綻で祖国が消滅してしまった。入院中の夫と中1の娘のために表の仕事だった通訳に専念しようと決めるが、身の危険が迫っていて……。

ひとり暮し　赤川次郎

大学入学と同時にひとり暮しを始めた依子。しかし、彼女を待ち受けていたのは、複雑な事情を抱えた隣人たちだった!? 予想もつかない事件に次々と巻き込まれていく、ユーモア青春ミステリ。

目ざめれば、真夜中　赤川次郎

ひとり残業していた真美のもとに、刑事が訪ねてきた。ビルに立てこもった殺人犯が、真美でなければ応じないと言っている——。様々な人間関係の綾が織りなすサスペンス・ミステリ。

台風の目の少女たち　赤川次郎

女子高生の安奈が、台風の接近で避難した先で巻き込まれたのは……駆け落ちを計画している母や、美女と帰郷して来る遠距離恋愛中の彼、さらには殺人事件まで！　少女たちの一夜を描く、サスペンスミステリ。